# LES MERVEILLES

DE

# PARAY-LE-MONIAL

RACONTÉES A LA JEUNESSE

## PAR L'ABBÉ AUBERT

CURÉ DANS LE DIOCÈSE D'ANGERS

Auteur des *Histoire de la Grotte de Lourdes*, de la *Montagne de la Sallette*
et de l'*Apparition de Pontmain*.

TOURS

ALFRED MAME ET FILS

ÉDITEURS

# LES MERVEILLES

DE

# PARAY-LE-MONIAL

RACONTÉES A LA JEUNESSE

3e SÉRIE IN-12

Notre-Seigneur apparaît à la Bienheureuse Marguerite-Marie.
(P. 19.)

# LES MERVEILLES

DE

# PARAY-LE-MONIAL

RACONTÉES A LA JEUNESSE

## PAR L'ABBÉ AUBERT

CURÉ DANS LE DIOCÈSE D'ANGERS

Auteur des *Histoire de la Grotte de Lourdes*, de la *Montagne de la Salette*
et de l'*Apparition de Pontmain*.

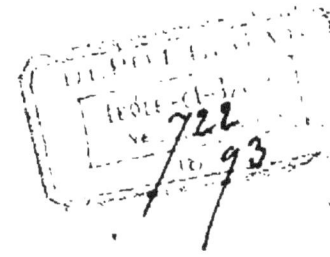

# TOURS

ALFRED MAME ET FILS, ÉDITEURS

—

1893

# LETTRE DE M<sup>GR</sup> FREPPEL, ÉVÊQUE D'ANGERS

---

## ÉVÊCHÉ D'ANGERS

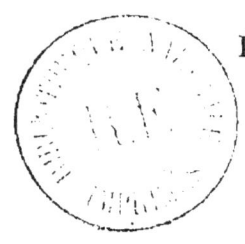

Angers, le 6 mai 1891.

Mon cher Curé,

J'ai lu avec autant d'intérêt que d'édification vos *Merveilles de Paray-le-Monial racontées à la jeunesse*, et je souhaite à cet excellent petit livre le succès qu'ont obtenu vos précédents ouvrages consacrés aux merveilles de Lourdes, de la Salette et de Pontmain.

Agréez, mon cher Curé, avec mes félicitations, l'assurance de mes sentiments affectueux et dévoués.

† CHARLES-ÉMILE,

ÉVÊQUE D'ANGERS.

# LETTRE DE M<sup>GR</sup> PERRAUD, ÉVÊQUE D'AUTUN

MEMBRE DE L'ACADÉMIE FRANÇAISE

---

## ÉVÊCHÉ D'AUTUN

Autun, le 26 avril 1891.

MONSIEUR LE CURÉ,

Je me suis fait rendre compte par un de mes vicaires généraux de votre pieux travail sur Paray-le-Monial et j'en ai parcouru moi-même les épreuves.

Vous avez voulu faire connaître à la jeunesse française les merveilles de grâce accomplies il y a deux siècles dans ce coin de terre privilégiée.

Votre récit, simple et exact, dégagé à dessein de tout appareil d'érudition et de dissertations théologiques, met très bien à la portée de vos lecteurs les miséricordieux desseins révélés par Notre-Seigneur Jésus-Christ à la Bienheureuse Marguerite-Marie, leur relation intime avec les vérités fondamentales de la foi chrétienne, leurs conséquences pratiques pour les progrès de la vertu et de la piété.

En faisant estimer davantage les trésors de grâces que le sanctuaire de Paray tient en réserve pour les âmes, vous contribuerez à augmenter le nombre des pèlerins qui viennent chaque année se réchauffer à ce foyer toujours ardent de l'amour infini, afin de servir Dieu et l'Église avec plus de zèle et de charité.

Votre livre sera comme un écho prolongé des incomparables solennités du jubilé de 1890; il provoquera des prières ferventes qui hâteront, je l'espère, le jour où le vicaire de Jésus-Christ décernera solennellement à notre Bienheureuse les honneurs de la canonisation.

Agréez, Monsieur le Curé, l'expression de mes sentiments très dévoués en Notre-Seigneur.

† ADOLPHE-LOUIS,

ÉVÊQUE D'AUTUN.

# NOTE DE L'AUTEUR

Tous les faits racontés dans ce livre, spécialement consacré à la jeunesse, sont tirés, sans en excepter un seul, des ouvrages les plus remarquables sur la dévotion au sacré Cœur et la vie de la Bienheureuse Marguerite-Marie :

*La Vie de la Bienheureuse écrite par elle-même.* (Son Mémoire.)

*Sa Vie*, par ses contemporaines.

*Sa Vie*, par le P. Croizet, de la Compagnie de Jésus.

*La Vie de la vénérable Mère Marguerite-Marie*, par Mgr Languet, évêque de Soissons. Nouvelle édition (1890), par M. Gauthey, vicaire général d'Autun, sous les auspices de Mgr Perraud, évêque d'Autun.

*Histoire de la Bienheureuse Marguerite-Marie et des Origines de la dévotion au Cœur de Jésus*, par Mgr Bougaud, évêque de Laval.

*La France et le Cœur de Jésus*, par le P. V. Alet, de la Compagnie de Jésus.

*Le Cœur de Jésus*, par Mgr Baudry, évêque de Périgueux.

*Paray-le-Monial*, par Léon Aubineau.

*Le Guide illustré de Paray-le-Monial*, par l'abbé Chatelet, chapelain de la Basilique.

Le *Pèlerin* de Paray-le-Monial (Revue mensuelle très intéressante, sous la direction des chapelains de la Basilique).

Il n'est pas possible de lire toutes ces merveilles sans un sentiment profond de reconnaissance pour ce divin Sauveur, qui semble poursuivre avec une si grande ardeur l'amour de ses enfants ingrats, comme si cet amour devait tourner, non pas à leur propre avantage, mais au sien! L'Église et la société n'ont d'espérance que dans le Cœur de Jésus! C'est lui qui guérira tous nos maux!

(Pie IX.)

Nous désirons de toute l'ardeur de notre âme que la dévotion véritable au sacré Cœur de Jésus se propage et se répande largement par toute la terre.

La manifestation de cette dévotion a été un nouveau trait de la tendre charité de Jésus-Christ, qui veut par ce moyen rappeler à lui le monde qui s'égare, le réconcilier avec Dieu et lui faire goûter abondamment les fruits de la rédemption.

(Léon XIII.)

# AVANT-PROPOS

La meilleure préface d'un livre chrétien, — a dit un pieux auteur de nos jours, — est une prière pour que Dieu daigne en bénir les pages et les faire pénétrer dans les âmes au jour et à l'heure de sa grâce.

C'est une humble et confiante prière que j'ose adresser, moi aussi, au Cœur sacré de Jésus, en offrant ce petit livre à la jeunesse. Oui, daigne le divin Sauveur bénir ces pages, que j'ai écrites dans le seul but de le faire connaître et aimer par elle.

L'enfance et la jeunesse sont à cette heure, comme elles l'étaient au jour de la vie mortelle du bon maître, l'objet de sa sollicitude et de sa tendresse. Puissé-je contribuer à amener à ses pieds comme autrefois les mères de la Judée, de nombreux enfants qu'il comblera de ses caresses et de ses bénédictions !

Que la Bienheureuse Marguerite-Marie les présente elle-même à son divin Époux et obtienne pour chacun de mes jeunes lecteurs un de ces regards affectueux qu'il laissa tomber sur le jeune homme pur et bon dont nous parle le saint Évangile !

# LES MERVEILLES.

DE

# PARAY-LE-MONIAL

RACONTÉES A LA JEUNESSE

---

## CHAPITRE PREMIER

### Paray-le-Monial.

Paray-le-Monial, mon enfant, est une jolie petite ville du département de Saône-et-Loire, dans le diocèse d'Autun.

Elle est gracieusement assise sur les bords de la Bourbince, au milieu d'une riche vallée que fertilise une rivière aux eaux limpides. De magnifiques platanes, qu'on dit être les plus beaux du monde, couronnent le sommet du riant coteau sur lequel sont échelonnées avec assez de régularité ses maisons blanches et coquettes. De ces hauteurs, le regard se promène avec ravissement sur de magnifiques prairies et des champs admirablement cultivés ; puis à l'horizon lointain il aperçoit les cimes vaporeuses des montagnes qui enveloppent presque de tous côtés cette riche contrée.

Paray-le-Monial, qui ne compte guère que quatre mille habitants, s'est justement acquis, depuis longues années, un renom d'urbanité et de politesse, que les étrangers sont unanimes à lui reconnaître lorsqu'ils viennent passer quelques jours dans ses murs. Bien que laborieuse et active, cette petite ville n'en garde pas moins un cachet remarquable d'ordre et de paix.

Avant le x⁰ siècle, Paray n'était qu'une toute petite bourgade isolée, pour laquelle ses paisibles habitants, la plupart simples cultivateurs, ne rêvaient point un brillant avenir. C'est à un couvent de moines que cet humble village doit son agrandissement en même temps que son nom. Cette belle vallée, qu'on appelait alors *Val d'Or* ou *Orval*, offrait à ces hommes de travail et de prière une solitude pleine de charme et de tranquillité. Un essaim de moines bénédictins vint s'y fixer vers l'an 970, sous la protection d'un puissant et généreux seigneur de la contrée, le comte Lambert, souverain du Charolais. En peu d'années ce monastère devint florissant sous l'habile direction des saints religieux dont plusieurs ont laissé un nom vénéré dans les annales de leur ordre et même dans l'histoire de l'Église. Autour de cet asile sacré de la prière et du recueillement se forma peu à peu une agglomération assez considérable; et de bonne heure Paray prit ce cachet de petite ville qui n'a fait que grandir dans la suite, sous le gouvernement paternel de ses abbés.

Là, comme partout ailleurs, il faisait si bon vivre sous la crosse! La révolution vint chasser les paisibles et laborieux habitants de ce monastère, source de tant de bienfaits pour le pays tout entier. Elle ne s'y livra point, il est vrai, à ces actes de destruction sauvage qu'on eut à déplorer dans tant d'autres endroits; et tandis que la fameuse abbaye de Cluny, sa voisine et

sa mère, qui a donné à l'Église tant de saints, et à
la France un si grand nombre de savants, tombait
presque complètement sous le marteau de ces fa-
rouches révolutionnaires, Paray avait le bonheur de
conserver presque intacts le monastère et l'église dont
elle est fière aujourd'hui à juste titre.

*L'église des moines,* — c'est ainsi qu'on la nomme
aujourd'hui encore, — date des xi<sup>e</sup> et xii<sup>e</sup> siècles. Elle
fut bâtie sur l'emplacement même de l'ancienne église
que les premiers Bénédictins construisirent à leur
arrivée dans le pauvre village. Après deux siècles et
davantage ce temple était devenu insuffisant et pour
le nombre admirablement accru des religieux, et pour
leur piété qui désirait offrir à Dieu un sanctuaire plus
digne de sa majesté. Unis par les liens de la plus
étroite affection aux Bénédictins de la célèbre abbaye
de Cluny, les moines de Paray, par un sentiment de
piété filiale, eurent la pensée heureuse de reproduire
sur une plus petite échelle, pour leur monastère, la
grande et splendide basilique de Cluny, dont les plans,
disait-on, avaient été donnés à un saint religieux de
cette maison par l'apôtre saint Pierre lui-même. De
précieux souvenirs, il est vrai, demeuraient attachés
à leur vieille et chère église, et les moines de Paray
avaient à cœur de conserver quelques parties de ce
vieil édifice, où leurs frères avaient prié depuis deux
siècles et qui renfermait une partie de leurs ossements
vénérés.

L'église primitive avait un portique élégant et solide
que surmontaient deux gracieuses petites tours. A l'une
de ces tours, — celle de gauche en entrant, — se
rattachait un souvenir bien précieux, que les bons
moines voulurent perpétuer en conservant cette partie
antique qu'un habile architecte sut admirablement
rattacher à la nouvelle construction. C'était dans la

première ou seconde année du XIe siècle en effet,
l'église du nouveau monastère allait bientôt recevoir
sa consécration, et il ne restait qu'à couvrir les tourelles. Un enfant que les Bénédictins avaient recueilli,
et qui se destinait à la vie religieuse, se trouvait au
pied de la tour, lorsque soudain, des mains de l'ouvrier occupé à en couvrir le faîtage, s'échappe une
pièce de bois qui atteint l'enfant et l'écrase. On le
relève presque mort. En ce jour-là même venait
d'arriver au monastère, pour le visiter, l'abbé de
Cluny, saint Hugues, successeur dans cette charge
importante de saint Odilon. Les Pères, qui pleurent
déjà le jeune novice comme s'il était perdu pour eux,
transportent ce corps mutilé et sanglant aux pieds du
vénéré religieux. « Le compatissant abbé, dit la vieille
chronique, se recueille profondément, touche l'enfant
broyé, substitue ses services aux devoirs des obsèques,
et court frapper à la porte de la bonté divine de Jésus-
Christ, lui vétéran de Jésus-Christ, et avec de si ferventes prières, qu'il rend la vie à l'enfant, et l'enfant
au couvent. » Cette tour a conservé et porte encore
aujourd'hui le nom de *Tour moine gare ;* c'est le cri
que l'ouvrier fit entendre lorsqu'il sentit s'échapper
de ses mains, sur la tête du jeune novice, la pièce de
bois meurtrière.

Cette basilique de Paray-le-Monial est une merveille
de l'art chrétien ; elle fait l'admiration de tous ceux
qui la visitent et l'étudient. A l'extérieur, ces trois
belles tours qui dominent l'édifice, ces deux tourelles
romanes qui semblent protéger l'entrée principale
dont elles font le plus bel ornement, le chevet incomparable qui est peut-être la merveille de cette merveilleuse église, ces contreforts arrondis des chapelles
rayonnantes ; à l'intérieur, ces belles voûtes élancées
au-dessus des trois larges nefs, ces fenêtres avec leurs

colonnes géminées, ces piliers carrés ornés de magnifiques pilastres cannelés et de colonnettes légères, ces beaux chapiteaux d'une ornementation si riche et si variée, tout dans cette splendide église attire l'attention et retient le regard.

Dans cette contemplation de tant de merveilles accumulées par les mains de pauvres moines, dans un âge que l'on appelle si volontiers aujourd'hui *l'âge de la barbarie et de l'ignorance,* on comprend cette parole d'un vieux solitaire que cite, dans sa belle introduction à la *Vie de sainte Élisabeth de Hongrie,* le comte de Montalembert, cet admirateur si entendu de l'art chrétien : « Comment se fait-il que dans des cœurs si humbles il y ait eu un si fier génie ? » Ah ! mon enfant, c'était le génie de la foi et de l'amour de Dieu qui inspirait ces grandes et belles œuvres ! La méditation des choses saintes et des vérités éternelles, l'union intime avec Jésus-Christ, rendaient le ciseau de *ces logeurs du bon Dieu,* — comme on les appelait, — intelligent et parfois sublime ; et aujourd'hui, nos plus illustres architectes, plus que jamais enthousiastes de ces œuvres admirables, sont heureux quand ils peuvent seulement les reproduire dans toute leur sublimité.

L'ancien couvent des Bénédictins, composé de plusieurs édifices de différentes époques, qui n'offrent rien de bien remarquable, renferme aujourd'hui le presbytère, un collège, et des écoles primaires. Derrière la vieille basilique on aperçoit les ruines d'un remarquable palais abbatial, dont les fondations furent jetées en l'année 1480 par l'abbé de Cluny, Jean de Bourbon, chef de toute la congrégation des Bénédictins, et pour cela appelé *abbé des abbés.* Ce magnifique monument, dont il ne reste plus aujourd'hui qu'une tour majestueuse dominant les ruines, et qui

ne fut achevé que par son successeur, le cardinal-abbé
Jacques d'Amboise, qui vint y mourir en 1516, fut,
dans les premières années du xviiie siècle surtout, le
rendez-vous d'un grand nombre d'illustres personnages. Le célèbre cardinal de Bouillon, neveu de
Turenne, et abbé commendataire de Cluny, y séjour-
nait alors comme dans une sorte d'exil imposé par
Louis XIV. La fleur de la noblesse se succédait courageusement, au risque de déplaire ou grand monarque,
à la demeure princière du vieux cardinal, dont la
vie pieuse et modeste édifiait le couvent et la ville
entière.

On remarque encore à Paray, sur une petite place,
le dôme d'une ancienne église dédiée à saint Nicolas ;
il sert aujourd'hui de salle de justice de paix.

Un peu plus sur la gauche, on aperçoit la belle
façade de l'hôtel de ville. Bâtie au commencement du
xvie siècle par un riche négociant dont on voit encore,
au milieu de belles sculptures, le médaillon en pierre
à côté de celui de sa femme, cette belle habitation
resta jusqu'au milieu de ce siècle une demeure particulière. Classée parmi les monuments historiques, elle
demande une visite même après celle de la superbe
basilique.

Telle est aujourd'hui, mon enfant, la petite ville de
Paray-le-Monial avec ses monuments antiques et ses
précieux souvenirs. La vieille église des moines, à
elle seule, mérite, on l'a souvent répété, le voyage
de Paray ; mais il est au sein de cette cité un autre
monument bien simple et tout modeste, qui mérite,
mieux encore que tous les autres, une pieuse visite et
commande davantage l'admiration : c'est la chapelle
du couvent de la Visitation, l'un des sanctuaires les
plus augustes et les plus vénérés du monde catholique
tout entier.

# CHAPITRE II

La chapelle du monastère de la Visitation.

Ensemble, mon enfant, nous venons de visiter la vieille basilique bénédictine dont nous avons admiré la majestueuse splendeur, tout en écoutant avec le plus vif intérêt sa pieuse légende. Nous ne pouvons nous défendre en la quittant de jeter encore un long regard sur ce vénéré sanctuaire que nous avions salué, à notre arrivée, avec tout le respect dû à la maison de Dieu, mais qui nous est devenu plus cher encore en raison des souvenirs précieux qui s'y rattachent.

Mais, mon enfant, des émotions plus douces encore nous sont réservées. Voyez-vous à quelques pas devant nous, sur la droite, au bord même de la rue que nous longeons, cette chapelle modeste que surmonte un tout petit clocher ? C'est la chapelle du couvent de la Visitation. Découvrons-nous avec respect, car ce lieu est saint ! Aussi bien une inscription, gravée en grandes lettres rouges au-dessus de la porte, nous le dit assez haut. « En cette église, Notre-Seigneur Jésus-Christ daigna révéler son cœur à la Bienheureuse Marguerite-Marie ! » Mystère ineffable de l'amour de notre divin Sauveur que je voudrais vous faire comprendre et goûter.

Des plates-bandes de fleurs décorent la petite cour close et dallée du sanctuaire, et nous voyons que les mains pieuses qui les soignent avec amour ont une préférence marquée pour les blanches marguerites. Allusion pleine de charme et de délicatesse, qui nous dit dès ce premier pas que cette chapelle est tout embau-

mée des parfums de cette fleur du cloître aujourd'hui
fleur du ciel, la bienheureuse Marguerite-Marie !

Le nom de cette sainte religieuse est en effet tellement lié à ce monastère de la Visitation et à sa chère
église, que l'on ne peut redire les grands souvenirs
qui s'attachent à ses précieuses murailles sans faire
en même temps l'histoire de cette fidèle servante de
Dieu. Mais tout d'abord entrons ensemble et proster-
nons-nous dans un saint recueillement. Avant d'admirer les richesses de ce pieux sanctuaire, adorons en
silence, pendant quelques instants, Celui qui en est
le seul vrai trésor, Notre-Seigneur Jésus-Christ, caché,
par amour pour nos âmes, derrière la petite porte
dorée de son tabernacle. Cette chapelle, à l'extérieur
si modeste et dont l'intérieur présente à l'œil ébloui
tant de merveilles, est une sorte de reliquaire ; elle-
même est une relique précieuse qu'on a enchâssée,
pour ainsi dire, dans l'or et l'argent. Déjà vieille de
plusieurs centaines d'années, dépourvue de tout cachet
qui pût la rendre chère aux hommes d'art, dix fois
trop petite pour contenir les foules qui se pressent
dans son étroite enceinte, elle a dû aux seuls souvenirs qui s'y rattachent, et que nous allons raconter,
d'être considérée comme un trésor mille fois plus précieux à tous les cœurs chrétiens que le plus splendide
sanctuaire qu'on eût élevé sur ses débris.

Les vieilles murailles qui menaçaient ruine ont été
recouvertes, comme d'un blanc et riche manteau, de
ce revêtement de belles pierres de taille qui, entre les
mains d'un habile architecte, ont servi tout à la fois
à consolider le vieil édifice et à l'orner avec magnificence.

Dans les beaux mois de l'année, où les pèlerins
accourent plus nombreux de tous les points du monde
catholique, ce pieux sanctuaire arbore, comme pour

leur souhaiter la bienvenue, ses riches bannières et ses splendides oriflammes, voix éloquentes qui proclament en toutes les langues la vénération universelle pour ce lieu béni, témoin de tant et de si grands mystères.

En tout temps une cinquantaine de lampes d'un grand prix, quelques-unes même d'une richesse extraordinaire, brûlent jour et nuit, en projetant sur toutes ces merveilles leurs reflets d'or et de pourpre, petites flammes d'amour qui toutes ont leur douce et chère mission à remplir au pied du saint autel ; l'une rend grâces, l'autre supplie; celle-ci demande pardon, cette autre chante un cantique d'allégresse; toutes redisent les bontés du cœur de Jésus! Le maître-autel, à la droite duquel nous apercevons la large grille du chœur des religieuses, est d'une richesse éblouissante. Aux jours des grandes solennités, il devient, sous les ornements précieux qui le décorent, un trône sinon digne en tout point du Dieu d'amour qui veut bien s'y asseoir, aussi convenable du moins que peuvent le lui dresser des mains humaines. Au-dessus de cet autel dédié au sacré Cœur de Jésus, admirons également ce tableau remarquable qui représente le divin Maître montrant son cœur à sa fidèle servante. Cette belle toile est l'œuvre d'un grand artiste italien, et un ange seul, il me semble, pourrait donner aux traits du bon Sauveur un plus suave cachet de tendresse, et à la Bienheureuse Marguerite-Marie une extase plus céleste.

Deux autres autels sont dédiés, celui-ci au Cœur immaculé de Marie, cet autre au glorieux saint Joseph.

Il était juste que l'auguste mère de Jésus et son père nourricier eussent une place de choix dans le sanctuaire consacré à ce divin Cœur dont ils ont recueilli les premiers ici-bas, avec tant de bonheur, les battements amoureux.

Saint François de Sales et sainte Chantal, — noms bénis que nous retrouverons sous notre plume dans le cours de cette histoire, — avaient un droit tout particulier aussi à une place d'honneur dans cette chapelle tout embaumée encore des souvenirs précieux de leur fille en Jésus-Christ, la Bienheureuse Marguerite-Marie. Comme avec bonheur et respect nous saluons l'autel consacré à ces saints fondateurs de l'ordre de la Visitation, à quelques pas du splendide reliquaire qui renferme les ossements vénérés de la grande confidente des secrets du Cœur de Jésus!

Elle est là, en effet, cette sainte religieuse, couchée sur un lit de parade en drap d'argent, dans une châsse toute resplendissante d'émaux et de pierres précieuses.

Nos yeux émus n'aperçoivent rien de ces ossements sacrés, ils sont renfermés dans ces membres de cire que recouvre l'humble costume des religieuses de la Visitation. Sur sa tête, habilement modelée, brille un riche diadème de l'or le plus pur; de sa main droite, elle presse sur sa poitrine un cœur d'or enflammé, et dans sa gauche elle tient une branche de lis en argent. Touchants symboles qui nous redisent tout de suite et l'ardent amour et la pureté angélique de la Bienheureuse Marguerite-Marie. Voyez, mon enfant, avec quelle sainte émotion les pieux pèlerins vont se prosterner devant ces restes sacrés et coller leurs lèvres à cette châsse qui les renferme! C'est pour satisfaire la dévotion des fidèles que ce riche reliquaire est déposé dans le sanctuaire, auprès de la table sainte, pendant les beaux mois de l'année. Sa place ordinaire est le tombeau même du maître-autel, d'où le divin Sauveur apparaissait à cette sainte religieuse en lui montrant son cœur plein d'amour.

Et nous aussi, mon enfant, avant de quitter ce lieu

saint, vénérons ces ossements sacrés d'où s'échappe comme un doux parfum de sainteté et d'amour divin ! Nous reviendrons plus d'une fois, dans ce pèlerinage que nous faisons ensemble, nous agenouiller au pied de l'autel du Sacré-Cœur et devant cette châsse vénérée, et vous y goûterez un bonheur d'autant plus grand que vous connaîtrez mieux les merveilles dont cette petite chapelle a été le théâtre privilégié.

---

## CHAPITRE III

### Le monastère de la Visitation.

Le riche et vénéré sanctuaire que nous venons de quitter, mon enfant, sert de chapelle aux religieuses du monastère de la visitation de Sainte-Marie.

Ce couvent est une des plus anciennes fondations du pieux institut de la Visitation, que le grand évêque de Genève, saint François de Sales, aidé par sainte Françoise de Chantal, établit en 1610, dans sa chère ville d'Annecy en Savoie.

Sous les bénédictions du Ciel, cet institut, que son doux et saint fondateur appelait *sa joie et sa couronne*, se répandit de la manière la plus admirable dans la France entière. On eût dit, selon l'expression d'un des plus anciens biographes de saint François de Sales, une vigne mystique plantée dans un terrain fertile et étendant au loin ses verts rameaux chargés de feuilles et de fruits.

Au jour de sa mort, arrivée en l'année 1641, c'est-à-dire trente ans seulement après cette fondation, sainte Jeanne-Françoise de Chantal avait l'ineffable consolation de laisser dans l'état le plus prospère quatre-vingt-sept maisons de son ordre, et Dieu seul pouvait compter dès lors les belles et grandes vertus que cachaient aux yeux du monde ces pieuses retraites où l'humble fille des champs et la noble châtelaine vivaient unies dans l'amour de Dieu en se donnant le doux nom de sœurs.

Le 4 septembre 1626, jour à tout jamais béni pour la ville de Paray-le-Monial, une petite colonie de ces saintes filles de la Visitation venait s'établir dans son sein, — c'était la vingt-sixième fondation de l'ordre.

La divine Providence, toujours admirable dans ses voies, amenait elle-même ce petit essaim dans cette nouvelle ruche, sur laquelle elle avait ses vues si mystérieuses.

La ville de Paray-le-Monial avait à cette époque un besoin bien grand de raviver sa foi au foyer béni d'une maison religieuse. Le protestantisme, en effet, tout en ne faisant qu'apparaître, pour ainsi dire, dans ses murs, y avait amoncelé de grandes ruines, et l'état religieux de cette vieille cité bénédictine était devenu lamentable.

Toutefois, depuis quelques années surtout, sous l'influence bénie de plusieurs religieux de la Compagnie de Jésus, qui, en venant s'établir dans la ville de Paray-le-Monial, lui avaient apporté le grand bienfait d'un zèle plein de prudence et de charité, cette cité semblait renaître à la vraie vie chrétienne. C'était un malade qui après avoir touché du doigt la mort sent ses forces se raviver, et se reprend à la vie en demandant lui-même le remède à ses maux.

Paray-le-Monial, en effet, réclamait une maison de religieuses, et comme le mérite des chères filles de saint François de Sales commençait à se faire jour de toutes parts, ce fut tout naturellement vers cet institut déjà si florissant que se porta le vœu unanime de la population.

Les vieilles archives de la cité nous apprennent que le syndic et les échevins voulurent bien eux-mêmes faire avec le plus louable empressement toutes les démarches nécessaires à cette fondation nouvelle, la considérant comme « un bien inestimable à la gloire de Dieu et au salut des âmes, et dans la conviction que l'institution des monastères tant de l'un que de l'autre sexe, favorise ordinairement les villes ».

La joie des habitants fut bien grande, lorsqu'ils virent arriver la petite colonie religieuse que la divine Providence leur envoyait pour combler leurs pieux désirs. C'était le 4 septembre 1626. Elle s'était détachée de la maison de Lyon, qui était la première fondation après celle d'Annecy. On citait partout ce monastère comme une merveille de piété, d'énergie et de fécondité. Saint François de Sales lui-même ne craignait pas de l'appeler *la fleur de sa petite congrégation.*

Une modeste maison attendait les dignes filles de saint François de Sales et de sainte Chantal ; mais dans leur esprit de foi et leur amour pour la pauvreté, elles s'y réfugièrent sous l'œil de Dieu avec joie et confiance, comme les petits oiseaux du ciel qui s'en vont gaiement, le soir, trouver l'abri que la Providence leur a préparé.

Cette pauvre demeure allait bientôt devenir insuffisante pour leur nombre, qui grandissait chaque jour ; cinq années s'étaient à peine écoulées, en effet, que cette nouvelle fondation comptait déjà trente-trois professes, chiffre auquel elle devait se borner d'après les constitutions.

De nouvelles constructions remplacèrent alors l'étroite demeure qui les avait reçues ; dès l'année 1642, le monastère que nous voyons encore adossé, pour ainsi dire, au chevet de la vieille basilique, était entièrement bâti à neuf, et les bonnes religieuses, après seize années de privations et de durs travaux, en prirent possession dans un sentiment de joie et de reconnaissance bien facile à comprendre.

Ce couvent, dit un de ses visiteurs privilégiés, est composé de quatre grands corps de bâtiments reliés ensemble, avec une cour au milieu. Un cloître règne sous ses bâtiments et ouvre ses vastes arcades sur la cour, au milieu de laquelle on trouve la fontaine traditionnelle et symbolique. Le long des murs, d'une blancheur irréprochable, et dans l'arc formé par la naissance des voûtes, on lit encore des sentences que saint François de Sales avait recommandé d'écrire partout, afin qu'on ne pût lever les yeux sans trouver une pensée pour l'esprit et un aliment pour le cœur. Les salles de communauté, la chapelle, la sacristie, le noviciat, le réfectoire s'ouvrent sur le cloître, et deux escaliers placés aux angles conduisent aux cellules, qui sont au premier étage.

De vastes jardins, semés de statues et de chapelles, enveloppent tout le monastère de verdure, de silence et de paix. On ne peut y faire un pas sans y respirer la paix, la ferveur, l'oubli des hommes, la présence de Dieu [1].

Tel est, mon enfant, avec les pieux souvenirs qui s'y rattachent, le monastère de la Visitation de Paray-le-Monial, dont nous avons longé le mur d'enceinte depuis notre sortie de la vieille basilique. Pour bien comprendre les grandes choses qui se sont accomplies dans cet intérieur béni, il était tout au moins très utile que vous eussiez quelque connaissance de cette maison sainte.

---

[1] Mgr Pougaud.

Un prophète avait dit autrefois, en parlant de l'humble bourgade de Bethléhem : « Et toi, Bethléhem, tu n'es pas la plus petite entre les villes de Juda, car c'est de ton sein que sortira le chef qui doit conduire le peuple d'Israël. »

Dès les premières années de la fondation de Paray-le-Monial, les anges du ciel durent aussi, mon enfant, redire sur l'humble couvent que je viens de vous faire connaître ce chant prophétique : « Et toi, petite maison de Paray, toi la plus jeune, la plus pauvre, tu ne seras pas la moindre parmi toutes tes sœurs, car c'est de ton sein que va sortir celle qui doit conduire les âmes au Cœur sacré de Jésus, celle qui fera dans tous les siècles la gloire et l'honneur de l'ordre entier. Tu seras le reliquaire du sacré Cœur !

Et maintenant commençons la touchante et merveilleuse histoire de l'humble religieuse, dont nous avons visité ensemble les ossements sacrés que gardent avec tant d'amour, comme leur plus riche trésor ici-bas, les filles de saint François de Sales et de sainte Jeanne de Chantal.

# CHAPITRE IV

### La Bienheureuse Marguerite-Marie. — Son enfance.

La Bienheureuse Marguerite-Marie naquit le 22 juillet de l'année 1647, en la paroisse de Vérosvres, au diocèse d'Autun, dans cette partie de la Bourgogne qu'on appelle le Charolais.

Son père, Claude Alacoque, joignait aux fonctions de notaire royal celles de juge de paix des seigneuries environnantes. C'était un homme recommandable à tous égards et qui avait su, par sa loyauté, son amour pour le bien, sa foi vive et pratique, gagner l'estime et la confiance des habitants de la contrée tout entière.

Sa mère, Philiberte Lamyn, semblait posséder de son côté toutes les qualités heureuses que le Saint-Esprit nous dépeint d'une manière si admirable dans cette femme qu'il nomme *la femme forte*.

Lorsque Marguerite-Marie lui fut donnée par le Ciel, cette famille vraiment patriarcale comptait déjà quatre enfants; deux autres devaient venir encore par la suite prendre place à ce foyer béni.

La petite Marguerite-Marie allait être un jour, pour cette grande et belle famille, ce que fut autrefois le jeune Joseph, le glorieux fils de Jacob, pour tous les siens, une source de gloire et de bénédictions. Dès son plus bas âge, elle se fit remarquer entre tous ses frères et sœurs, qui la chérissaient tendrement, par sa douceur, sa naïveté et son amour du bon Dieu. Le saint nom de Jésus faisait déjà battre son cœur aimant, et elle le prononçait, dit-on, avec une suavité qu'on ne pouvait guère trouver que sur les lèvres des anges.

« Dès l'âge de deux à trois ans, écrit son premier historien, elle eut une si grande horreur de l'ombre même du péché, que ses parents, s'en étant aperçu, se contentaient, lorsqu'ils voulaient contrarier ses petites inclinations, de lui dire qu'il y avait en cela *offense de Dieu*. Il n'en fallait pas davantage pour lui faire tout quitter [1]. »

« O mon unique amour, dit-elle elle-même dans ses précieux *Mémoires*, combien je vous suis redevable de m'avoir prévenue dès ma plus tendre jeunesse en

---

[1] Le P. Croiset.

vous rendant le maître de mon cœur ! Aussitôt que je
me sus connaître, vous fîtes voir à mon âme la lai-
deur du péché, ce qui m'en imprima tant d'horreur,
que la moindre tache m'était un tourment insupportable, et, pour me contenir dans la vivacité de mon
enfance, on n'avait qu'à me dire que c'était peut-être
offenser Dieu ; cela m'arrêtait tout court. »

Un de ses frères a donné à ce sujet un exemple
plein de charmes que nous trouvons consigné dans le
procès même de la béatification de la Bienheureuse :
« Étant encore dans l'enfance, dit-il, elle donna des
marques singulières de sainteté, piété et horreur du
péché, car ledit déposant, en un temps de carnaval,
âgé de sept ans, et ladite sœur de cinq ans à peine,
lui proposa de prendre son habit et qu'elle lui donne
le sien, lequel était de soldat ayant une épée à la
main, en vue d'intimider les métayers qui étaient
proches de la maison. Elle lui repartit que peut-être
ce serait offenser Dieu, qu'elle n'en voulait rien faire,
n'ayant voulu ni se déguiser ni accompagner ceux
qui l'étaient, dès ledit âge de cinq ans. »

Ces détails, mon enfant, m'ont paru si remplis de
charme et d'édification que je me suis fait un devoir
bien doux de vous les remettre sous les yeux, non
seulement pour vous faire connaître les premières
années de cette vie si sainte que nous étudions
ensemble, mais surtout pour vous dire avec quelle
horreur vous devez, vous aussi, à l'exemple de cette
enfant de bénédiction, éloigner de votre âme toute
souillure, de quelque nature qu'elle soit.

La pieuse enfant, qu'on n'appelait encore que du
nom de Marguerite, — ce n'est qu'au jour de sa confirmation qu'elle prit celui de Marie, — allait de bonne
heure éprouver une des plus grandes peines de sa vie.

Elle n'avait pas encore atteint sa cinquième année,

et déjà il fallait dire adieu au foyer paternel et quitter
son père et sa mère, ses frères et sœurs, qu'elle ché-
rissait d'un si tendre amour. Il est vrai qu'elle allait
trouver une seconde mère dans la noble châtelaine qui
la réclamait, bien plus sans doute pour consoler sa
peine de n'avoir point d'enfant, que pour soulager la
famille qui venait encore de s'accroître d'un nouveau-
né. Et puis, M^{me} Marguerite de Fautrière de Corcheval, — tel est le nom de cette dame, — avait bien
quelque droit sur cette enfant de bénédiction ; c'est
elle, en effet, qui, pour donner à sa famille un témoi-
gnage d'estime, l'avait tenue sur les fonts sacrés du
baptême en qualité de marraine, le troisième jour
après sa naissance, et nul doute que depuis elle
avait pu apprécier en plusieurs circonstances les
qualités précoces de sa chère filleule.

La petite Marguerite quitta donc le toit paternel
pour se rendre, conduite par la main de sa bonne
mère en larmes, au château du seigneur de Corcheval.

La distance n'est pas longue, à la vérité, et la séparation ne doit pas être complète ; une forte lieue sépare
les deux demeures, mais le cœur de la douce enfant
n'en saigne pas moins d'une manière cruelle : il est
si dur, à cet âge surtout, de quitter pour une première fois ceux qu'on aime, fut-ce même pour être
reçu et fêté par des mains amies ! Rien, mon enfant,
ne remplace l'affection et les caresses d'une mère ! Comment se passèrent dans cette demeure seigneuriale
les premiers jours de Marguerite ? Elle ne nous le dit
pas clairement, mais il est facile de saisir à son langage plein de discrétion qu'elle dut souffrir beaucoup
et de la séparation des siens et des nouvelles habitudes
qui lui furent imposées au sein de cette riche et noble
famille. M^{me} de Corcheval ne jouissait pas d'une
bonne santé, et malgré sa vive affection pour sa chère

filleule, elle se vit dans la nécessité de la confier à des mains étrangères. Deux personnes attachées au château en qualité de dames de compagnie furent chargées de lui donner à tour de rôle les premières notions de lecture, d'écriture et surtout de catéchisme. C'était cette dernière partie du petit programme d'études que la pieuse enfant affectionnait le plus. Prier Dieu, apprendre à le mieux connaître pour l'aimer davantage, tel était son grand bonheur. Du reste elle se montrait pleine d'attention aux enseignements de toute sorte qu'on cherchait à lui donner, et il serait à désirer que maîtres et maîtresses pussent trouver toujours dans leurs élèves semblable docilité. L'une de cés dames chargées de son instruction était gracieuse et aimable, l'enfant paraissait la fuir; l'autre était sévère et grondeuse, Marguerite aimait mieux souffrir les rebuts de celle-là que les caresses de la première. On avait peine à s'expliquer cette sorte de bizarrerie. On comprit plus tard que c'était par une inspiration céleste que la pieuse Marguerite fuyait les caresses de cette personne, qui sous des dehors convenables cachait une âme souillée. C'est ainsi, mon enfant, que Dieu garde toujours l'innocence dans les jeunes cœurs qui cherchent à se donner à lui en recourant à la prière et à la vigilance. Dès cet âge si tendre Marguerite montrait pour la solitude un goût des plus vifs, et semblait mettre tout son bonheur à fuir la société pour se trouver seule en présence de Dieu. Chez elle ce n'était point, comme on serait tenté de le croire, bizarrerie de caractère ou fausse honte, fait d'un amour-propre naissant; non, la fuite du monde lui plaisait, parce que loin de lui elle pouvait se livrer à la prière et à une union plus intime avec Dieu.

Le château de Corcheval était entouré de magnifiques charmilles, qui dans la belle saison offraient

sous leur vert et frais ombrage la plus agréable solitude. Marguerite venait bien souvent s'y promener et
s'y asseoir ; elle se croyait là comme dans un temple
où il lui était plus facile de parler cœur à cœur avec
son Dieu et lui confier ses petits secrets. Heureuse
enfant ! elle ne connaissait point sans doute la douce
promesse du Saint-Esprit à l'âme qui cherche la solitude, mais son cœur innocent l'avait entendue dans
ses entretiens secrets avec le Ciel. « Toute mon inclination, dit-elle, n'était que de me cacher dans quelque
bois, et rien ne m'empêchait que la crainte de rencon-
trer des hommes. »

Le saint tabernacle, où Jésus-Eucharistie veut bien,
par tendresse pour nos âmes, se faire prisonnier du
jour et de la nuit, était déjà l'objet de l'amour le plus
ardent de ce cœur d'enfant que l'esprit de Dieu dirigeait lui-même. Par bonheur le château de Corcheval
possédait une chapelle, et la pieuse Marguerite venait
bien des fois chaque jour s'y prosterner dans un
recueillement qui la faisait ressembler à un ange. Elle
y passait de longues heures, s'y tenant toujours à genoux, les mains jointes ; et bien loin de s'y ennuyer
elle n'avait aucun plaisir égal à celui d'y demeurer
longtemps ; elle n'en sortait qu'à regret. Dès qu'on ne
la trouvait pas en quelque endroit de la maison, on
était accoutumé de l'aller chercher en la chapelle, où
on la trouvait immobile devant le saint Sacrement.
Elle imitait ainsi, sans le savoir, vraisemblablement,
sainte Élisabeth de Hongrie, qui toute jeune enfant
s'en allait plusieurs fois par jour visiter le Dieu de
l'Eucharistie dans la chapelle du château de son père ;
et comme elle, sans doute, la pieuse Marguerite dut
quelquefois se contenter, la porte étant close, de déposer un baiser affectueux sur la muraille de la maison
de son aimable Jésus.

Ne nous étonnons point de voir le divin Sauveur, qui pendant les jours de sa vie mortelle aimait tant à recevoir la visite des petits enfants de la Judée, qu'il comblait de ses caresses et de ses bénédictions, se plaire à verser dans ce jeune cœur tous les dons de sa céleste grâce.

Aussi qu'il est beau et sublime le langage de cette sainte enfant, et comme il est visible que le Saint-Esprit tout seul pouvait lui dicter de semblables paroles !

« Je me sentais, dit-elle dans les notes que l'obéissance seule a pu arracher à son humilité, je me sentais continuellement pressée de dire ces paroles dont je ne comprenais pas le sens : Mon Dieu, je vous consacre ma pureté ; mon Dieu, je vous fais vœu de perpétuelle chasteté. Je les dis une fois entre les deux élévations de la sainte messe, que pour l'ordinaire j'entendais les genoux nus, quelque froid qu'il fît. Je ne comprenais pas ce que j'avais fait, ni ce que signifiait ce mot de vœu, non plus que celui de chasteté. » Elle ne comprenait qu'une chose, c'est que ces mots mystérieux, qui venaient se placer sur ses lèvres aux heures les plus augustes, renfermaient le don complet d'elle-même à un Dieu qui lui semblait digne de tous les dons.

Est-il besoin d'ajouter que la pieuse enfant avait pour la sainte Vierge la dévotion la plus tendre ? Quand on aime bien Jésus, n'aime-t-on pas également sa bonne et divine Mère ? En tous ces naïfs besoins d'enfants, et comme par l'instinct d'un cœur filial, elle recourait à elle. Jésus-Christ, par moments, lui inspirait une sorte de terreur. « Je n'osais point du tout, en certaines fois, écrira-t-elle plus tard, m'adresser à Notre-Seigneur, mais toujours à Marie. » Et Marguerite lui présentait la petite couronne du Rosaire ; d'ordinaire, elle égrenait son chapelet, genoux nus sur le sol, ou bien elle fléchissait le genou à chaque *Ave Maria*, et à toute génuflexion baisait la terre.

La sainte Vierge, vous le pensez bien, accueillait avec amour les louanges et les vœux de sa chère enfant, et elle la comblait dès lors des grâces les plus signalées. Écoutons la pieuse Marguerite nous le dire elle-même :

« La très sainte Vierge a toujours pris un grand soin de moi, qui avais recours à elle en tous mes besoins, et elle m'a tirée de très grands périls. Cette bonne mère se rendait tellement maîtresse de mon cœur qu'en me regardant comme sienne, elle me gouvernait comme lui étant dédiée, me reprenant de mes fautes et m'enseignant à faire la volonté de mon Dieu. » C'est ainsi, mon enfant, que dès sa plus tendre enfance notre chère Marguerite allait à Jésus par Marie.

---

## CHAPITRE V

### La Bienheureuse Marguerite-Marie. — Sa jeunesse.

La pieuse Marguerite ne devait pas faire au château de sa bienfaitrice un long séjour. Cette dame mourut, en effet, peu de temps après l'arrivée de sa filleule, et la pauvre enfant revint à la maison paternelle, où l'attendait un malheur plus grand encore.

Son père fut frappé lui aussi par la mort, dans un âge bien peu avancé, — il n'avait guère qu'une quarantaine d'années, — et malheureusement il laissait sa nombreuse famille dans une position plus que modeste.

Sa pauvre veuve, accablée sous le poids de son immense douleur, n'eut même pas la consolation de pouvoir consacrer ses soins à sa petite famille ; elle dut se livrer tout entière à mille démarches pénibles pour le règlement des affaires domestiques, et remettre, bien à contre-cœur, il est vrai, aux mains d'une servante grossière sa chère fille, qui méritait une meilleure éducation. Dieu permit que bien vite cette bonne mère, pleine de vigilance malgré toutes ses préoccupations, s'aperçût du triste sort qui était réservé à sa fille bien-aimée, et elle se décida à s'en séparer de nouveau, pour la confier cette fois à de saintes religieuses qui dirigeaient avec un grand succès un pensionnat à Charolles.

La pieuse enfant n'eut pas de peine à s'habituer dans ce saint asile, et elle fut de bonne heure vivement impressionnée à la vue du recueillement et de l'air modeste et heureux de ses bonnes maîtresses.

« Je pensais que si j'étais religieuse, moi aussi, dit-elle, je deviendrais sainte comme elles. J'en conçus dès lors un si grand désir que je ne respirais que pour cela. A la vérité je ne trouvais pas le couvent où l'on m'avait mise assez retiré pour moi. Mais, n'en connaissant pas d'autres, je pensais qu'il me fallait demeurer là. »

Les religieuses, de leur côté, furent singulièrement édifiées du spectacle touchant des vertus précoces de leur jeune élève, et à la vue des dispositions angéliques qui brillaient déjà dans cette belle âme, elles jugèrent à propos de ne pas remettre à plus tard la précieuse faveur de sa première communion ; elle n'avait guère alors que neuf ans. Les anges du ciel pourraient seuls nous dire les joies ineffables de cette sainte enfant dans ce beau jour où, pour la première fois, le Dieu de l'Eucharistie, qu'elle aimait déjà d'un

amour si ardent, vint se donner tout entier à elle.
« Cette première communion, dit-elle, répandit tant
d'amertume sur tous les petits plaisirs et divertissements de mon âge, que je n'y trouvais plus de goût,
encore que je les recherchasse avec empressement.
Lorsque j'en voulais prendre quelques-uns avec mes
compagnes, je sentais toujours quelque chose qui m'en
retirait et qui m'appelait en quelque petit coin à l'écart,
sans me laisser de repos que je n'eusse suivi ce mouvement. Et puis il me fallait mettre en prière, mais
presque toujours prosternée, les genoux nus, ou faisant des génuflexions, pourvu que je ne fusse pas
vue, car ce m'était un étrange tourment quand j'étais
rencontrée. »

Marguerite vivait heureuse dans la sainte maison
qui lui servait d'asile, mais une nouvelle et cruelle
épreuve allait encore fondre sur elle. Une maladie
effrayante se déclara tout à coup, la jetant sur un lit
de souffrances, que les médecins eux-mêmes s'attendaient à voir se changer de bonne heure en une couche
funèbre. Les soins ne lui firent pas défaut cependant,
et les bonnes religieuses eurent pour la chère petite
malade tous les égards de la plus tendre des mères.
De longs mois se passèrent ainsi, n'apportant aucune
amélioration à ce triste état de santé, et vint un jour où
la pauvre mère affligée voulut essayer pour son enfant
les influences bien souvent salutaires de l'air natal et
des soins du foyer domestique. Hélas ! le mal, loin de
céder à ces nouveaux efforts, semblait grandir au contraire, et le découragement ne tarda pas à venir ajouter
à de terribles inquiétudes ses poignantes et mortelles
angoisses.

« Ma maladie fut si pitoyable, écrivit-elle plus tard,
que je fus environ quatre ans sans pouvoir marcher.
Les os me perçaient la peau de tous côtés, et on ne

put jamais trouver aucun remède à mes maux que de
me vouer à la sainte Vierge, à qui je promis que, si
elle me guérissait, je serais un jour une de ses filles.
Je n'eus pas plus tôt fait ce vœu que je fus guérie, et
j'éprouvai une protection toute nouvelle de cette bonne
mère comme lui appartenant entièrement. » Revenue
ainsi miraculeusement à la santé, Marguerite ne demande qu'à profiter de cette grâce pour se donner avec
une plus grande ferveur encore à ses chers exercices
de l'oraison et de la pénitence. Aussi bien, dans tout
le cours de sa maladie, elle n'avait pas mis en oubli
ses pieuses habitudes, et chaque jour elle demandait à
Dieu, au milieu même de ses plus grandes souffrances,
la grâce de vivre intimement unie à lui, s'il plaisait à
sa divine volonté de la laisser sur cette terre. « Je me
sentais, écrivit-elle plus tard, fortement attirée à l'oraison ; mais cet attrait me faisait beaucoup souffrir,
parce qu'il me semblait ne pouvoir y satisfaire, ne
sachant pas de quelle manière m'y prendre et n'ayant
personne qui me pût l'enseigner. Je ne savais autre
chose que le nom, et ce seul mot : oraison, ravissait
mon cœur. »

Elle s'adressa alors à Notre-Seigneur, le conjurant
instamment de lui apprendre ce secret.

« Ce souverain Maître, dit-elle, m'apprit comme
il voulait que je la fisse, ce qui m'a servi toute ma vie.
Il me faisait prosterner humblement devant lui pour
lui demander pardon de tout ce en quoi je l'avais
offensé, et puis après l'avoir adoré je lui offrais mon
oraison, sans savoir comment il fallait m'y prendre.
Ensuite il se présentait lui-même à moi dans le
mystère où il voulait que je le considérasse, et il y
appliquait si fort mon esprit, tenant mon âme et
toutes mes puissances englouties en lui-même, que je
ne me sentais point distraite ; mon cœur était con-

sumé du désir de l'aimer, et cela me donnait un besoin infatigable de la communion et des souffrances. »

Dieu dans ses mystérieux desseins allait en même temps exaucer ce double désir.

Les embarras des affaires de famille, loin de disparaître, avaient grandi, au contraire, et la pauvre mère se vit peu à peu contrainte d'en confier tout le soin à des mains qui, sans être complètement étrangères, n'étaient cependant pas assez amies pour s'acquitter de cette charge délicate avec tous les ménagements dus à une si noble infortune.

« Dieu permit, ajoute-t-elle, que ma mère se dépouillât de son autorité dans sa propre maison pour la remettre à d'autres. Les personnes à qui elle la remit s'en prévalurent de telle sorte que ma mère et moi fûmes bientôt réduites à une dure captivité. Ce n'est pas mon intention, en ce que je vais dire, de blâmer ces personnes; je ne veux pas croire qu'elles fissent mal en me faisant souffrir. — Éloignez de moi, mon Dieu, une telle pensée. — Je les regarde plutôt comme des instruments dont Dieu se servait pour accomplir sa sainte volonté. Nous n'avions donc plus aucun pouvoir dans la maison, et nous n'osions rien faire sans permission. C'était une continuelle guerre; tout était fermé sous clef, en telle sorte que je ne trouvais pas même de quoi m'habiller pour aller à la sainte messe; il me fallait emprunter des effets et habits. J'avoue que je ressentis vivement cet esclavage. »

D'odieux soupçons accroissaient encore la douleur d'une telle position. « Ce fut en ce temps, dit-elle, que je tournai toutes mes affections à chercher ma consolation dans le très saint Sacrement de l'autel. Mais étant dans une maison de campagne éloignée de l'église, je ne pouvais y aller sans l'agrément de ces mêmes personnes, et il arrivait que quand l'une le voulait, l'autre le désagréait. Et quand je témoignais ma peine par mes larmes, qui marquaient la douleur que j'en ressentais, l'on me reprochait que j'avais donné un rendez-vous et que je le couvrais du prétexte d'aller à la messe ou bénédiction du saint Sacrement. C'était en juger bien injustement; car j'aurais plutôt consenti à voir déchirer mon corps en mille pièces que d'avoir telle pensée. »

« Ne sachant où me réfugier, continue-t-elle, je me cachais en quelque coin du jardin ou d'étable, ou en d'autres lieux écartés, où il me fût permis de me mettre à genoux et de répandre mon cœur par mes larmes devant mon Dieu. Je le faisais toujours par l'entremise de ma bonne Mère, la très sainte Vierge, en laquelle j'avais mis toutes mes espérances. Je demeurais là des journées entières, sans boire ni manger, et quelquefois de pauvres gens du village me donnaient, par compassion, un peu de lait ou de fruit sur le soir. Retournant ensuite au logis, c'était avec tant de crainte et de tremblement, qu'il me semblait être une pauvre criminelle qui allait recevoir sa sentence de condamnation. »

Elle ajoute : « Je me serais estimée plus heureuse d'aller mendier mon pain que de vivre comme cela; car souvent je n'osais en prendre sur la table. Du moment que j'entrais à la maison, la batterie recommençait plus fort, sur ce que je n'avais pas pris soin du ménage et des enfants de ces chères bienfaitrices de mon âme, et sans qu'il me fût loisible de dire un seul mot. Ensuite de quoi je passais les nuits comme j'avais passé le jour, à verser des larmes au pied du crucifix. »

Mais ce n'était pas encore là sa plus grande épreuve. Marguerite aimait tendrement sa mère; elle souffrait horriblement de la voir ainsi abaissée, humiliée dans sa propre maison. « La plus rude de mes croix était de ne pouvoir adoucir celles de ma mère, lesquelles m'étaient cent fois plus dures à supporter que les miennes. Je n'osais pas même lui donner la consolation de m'en dire un mot, crainte d'offenser Dieu en prenant plaisir à nous entretenir de nos peines. C'était surtout dans ses maladies que mon affliction était extrême. Car, comme elle était abandonnée à mes soins et petits services, elle souffrait beaucoup, d'autant que tout se trouvant quelquefois fermé sous clef, il me fallait aller demander jusqu'aux œufs et autres choses nécessaires aux malades ; ce qui n'était pas un petit tourment pour moi à cause de mon naturel timide, surtout auprès des villageois, qui me recevaient fort durement[1]. » Ce divin Sauveur récompensa une patience si héroïque par des grâces extraordinaires. Écoutons encore le récit naïf qu'elle a fait de ces faveurs singulières, aussi bien que des leçons admirables que Jésus crucifié donnait à sa servante, qu'il voulait rendre semblable à lui par les souffrances et la résignation.

« Ce fut alors, dit-elle, que mon divin Maître me fit voir, sans que j'y comprisse rien, qu'il voulait se rendre le maître absolu de mon cœur et qu'il voulait me rendre en tout conforme à sa vie souffrante ; qu'il voulait se rendre présent à mon âme, pour me faire agir comme il agissait lui-même au milieu des cruelles souffrances qu'il avait portées pour mon amour. Dès lors mon âme en demeura si pénétrée, que j'aurais désiré que mes peines n'eussent pas cessé un moment. Depuis ce temps-là, il m'est toujours resté présent à l'esprit sous la forme d'un crucifix ou d'un *Ecce Homo*, ou de Jésus portant sa croix. Ces idées m'im-

---

[1] Mémoires cités par Mgr Bougaud.

primaient tant de compassion pour lui et d'amour pour ses souffrances, que toutes mes peines devinrent légères, en comparaison du désir que je sentais d'en souffrir, pour me conformer à Jésus souffrant. Je m'affligeais de voir que les mains qui s'élevaient quelquefois pour me frapper étaient retenues et ne déchargeaient pas sur moi toute leur rigueur. Je me serais sacrifiée de bon cœur pour eux, n'ayant de plus grand plaisir que de leur faire du bien et d'en dire tout celui que je pouvais. Ce n'était pas moi qui faisais tout ce que j'écris et écrirai bien malgré moi, c'était mon souverain Maître, qui s'était emparé de ma volonté, et qui ne me permettait pas de former aucune plainte, murmure ou ressentiment contre ces personnes, ni même de souffrir qu'on me plaignît et qu'on me portât compassion. Il me disait qu'il en avait usé ainsi envers ceux qui l'avaient maltraité, et qu'il voulait que lorsque je ne pourrais empêcher qu'on me parlât de ces personnes, je leur donnasse tout le bon droit et à moi-même tout le tort, ajoutant (ce qui était vrai) que mes péchés en méritaient bien d'autres. »

La pieuse Marguerite parle encore ailleurs de ses dispositions au milieu de tant de croix : « Je ne savais de l'oraison que ce que mon divin Maître m'en avait appris, qui était de m'abandonner à tous ses saints mouvements, lorsque je pouvais me renfermer dans quelque petit coin avec lui. Mais on ne m'en laissait guère le loisir, car il me fallait travailler tant que le jour durait, avec les domestiques, et le soir il se trouvait que je n'avais rien fait qui contentât les personnes avec qui j'étais. L'on me grondait de telle manière que je n'avais pas le courage de manger; je me retirais où je pouvais pour avoir quelques moments de paix. Mais comme alors je me plaignais à mon divin

Maître de ce que je craignais de ne lui pouvoir plaire en tout ce que je faisais, de ce qu'il semblait qu'il y avait trop de ma volonté qui trouvait les mortifications à son gré, et que je craignais de ne pas tout faire par obéissance : Hélas! mon Seigneur, lui disais-je, donnez-moi quelqu'un qui me conduise à vous! — Ne te suffis-je pas? me répondit-il un jour. Que crains-tu? Un enfant aimé peut-il périr entre les bras d'un père tout-puissant[1] ? »

Dieu trouvait encore pour ce jeune cœur aimant d'autres consolations pieuses.

Un jour, en particulier, que sa mère était malade d'un violent érysipèle, et qu'un petit médecin de village qui passait s'était contenté de lui faire une saignée, disant, en s'en allant, qu'à moins d'un miracle elle n'en pouvait revenir, la sainte enfant, ne sachant plus que faire, courut à l'église; c'était le jour de la Circoncision, et elle conjura Dieu avec larmes d'être lui-même le médecin de sa pauvre mère. Quand elle revint au logis, l'enflure de la joue avait disparu, « et la plaie fut guérie en peu de jours, contre toute apparence humaine. »

Au spectacle de cet ensemble de vertus dans un âge si peu avancé, on est tenté de croire que Marguerite fut de ces natures froides qui ne sentent rien.

Elle était au contraire d'une tendresse et d'une sensibilité extrêmes, ressentant vivement le moindre manque d'égard, s'épanouissant comme une fleur délicate à la moindre preuve d'affection. Il y avait en elle une fierté naturelle qui devait lui rendre une telle vie insupportable. Avec cela, vive, gaie, enjouée, spirituelle, portée au plaisir à ce point qu'elle sera tout à l'heure exposée à un vrai péril du côté du monde.

[1] M⁹ʳ Languet.

Aussi répète-t-elle à toutes les pages de son *Mémoire* que ce n'est pas elle qui agissait ainsi, que c'était son souverain Maître qui s'était emparé de son âme et qui la dirigeait en tout.

Et puis elle savait où trouver la lumière, la force et le courage. C'était alors, comme aux jours de sa petite enfance, au pied du saint Sacrement qu'elle allait chercher ses consolations et sa force.

Dès qu'elle avait un moment, elle courait à l'église, elle y volait plutôt. Arrivée à la porte, elle ne pouvait pas demeurer dans la nef, l'amour l'emportait jusqu'au pied de l'autel. Elle n'était jamais assez proche du tabernacle. « Je ne pouvais plus faire, dit-elle, de prières vocales devant le saint Sacrement, où je me sentais tellement absorbée que jamais je ne m'y ennuyais; j'y aurais passé les nuits sans boire ni manger. Je ne savais bonnement ce que j'y faisais, sinon que je me consumais en sa présence comme un cierge ardent pour lui rendre amour pour amour. Je ne pouvais demeurer au bas de l'église, et quelque confusion que j'en eusse intérieurement, je ne laissais pas de m'approcher tout le plus près que je pouvais de l'autel où se reposait le saint Sacrement. Je m'estimais heureuse et ne portais envie qu'aux personnes qui pouvaient communier souvent, et qui avaient la liberté de demeurer devant le divin Sacrement. Je tâchais de gagner l'amitié des personnes dont j'ai parlé, afin d'obtenir d'elles la liberté d'aller passer quelques moments devant Jésus-Christ dans ce mystère. »

Elle ne réussissait pas toujours; car « il lui fallait l'autorisation de trois personnes, et quand l'une voulait, l'autre ne voulait pas ». Alors la pieuse enfant s'allait cacher « dans un coin du jardin », et elle se consolait en priant et en pleurant devant Dieu. Il y

avait dans le jardin un lieu qui lui était tout particulièrement cher. Lorsqu'on sort de la maison, après
avoir fait quelques pas dans la direction du couchant,
le terrain s'affaisse tout à coup sous les pieds, et on
descend par une pente très rapide, à travers un petit
bois jeté aux flancs de cette déclivité pour soutenir les
terres, jusqu'à une petite vallée très profonde. Ce dut
être, au temps où le globe était en fusion, un passage
de laves brûlantes ou d'eaux torrentielles. Il en est
resté un monument. C'est un bloc de granit immense,
de dimensions extraordinaires, que le courant a laissé
là, ne pouvant l'entraîner plus loin. Notre sainte enfant aimait cet endroit solitaire, qui formait la limite
du jardin. Elle s'y réfugiait souvent, protégée par derrière et comme enveloppée d'un voile, du côté de la
maison, par le petit bois, et ayant devant elle, sous ses
yeux, le chevet de l'église de Vérosvres. L'église est à
un petit kilomètre ; mais comme à partir de ce bloc
granitique le terrain se relève rapidement et d'étages
en étages jusqu'à l'église, on la dirait plus proche. Elle
semble assise à deux pas sur l'autre bord de la vallée.
Le soir, on pouvait presque voir à travers les vitraux
la petite lampe qui brûlait devant le tabernacle. C'est
là que son Seigneur et Maître habitait, dépouillé de
toute gloire, humilié, abandonné des hommes ; mille
fois plus abandonné, pensait-elle, et plus humilié
qu'elle ne le serait jamais. Ces pensées la faisaient
fondre d'amour ; des larmes montaient à ses yeux ; et,
accoudée sur ce bloc, le regard et le cœur au pied du
tabernacle, elle s'oubliait des heures entières dans la
contemplation[1].

Dans ces années pénibles, la sainte Vierge, qu'elle
aimait à appeler sa bonne mère, n'abandonnait point

----

[1] Mgr Bougaud.

Basilique et ancien couvent des Bénédictins à Paray-le-Monial. (P. 18.)

la jeune Marguerite. Elle devenait de plus en plus, suivant son expression, la maîtresse de son cœur. Elle se faisait, pour ainsi dire, sa gouvernante, son institutrice; elle la consolait, l'encourageait, la corrigeait au besoin avec toute la tendresse ferme et vigilante d'une vraie mère.

« Il m'arriva une fois, dit-elle, que m'étant assise en disant mon rosaire, la sainte Vierge se présenta devant moi et me fit cette réprimande qui ne s'est point effacée de mon esprit : « Je m'étonne, ma fille, que tu me serves si négligemment. » Aussi bien, Notre-Seigneur avait dit en termes précis à sa petite servante : « Je t'ai mise en dépôt aux soins de ma sainte Mère, afin qu'elle te façonne selon mes desseins. »

C'est pour témoigner à Marie de sa confiance sans bornes et de sa vive reconnaissance qu'elle fit vœu de jeûner tous les samedis, de réciter l'office de l'Immaculée Conception, et de faire sept génuflexions tous les jours de sa vie, en récitant sept *Ave Maria* pour honorer ses sept douleurs; et puis dans son humble tendresse et son filial abandon, elle supplie sa reine et sa maîtresse de vouloir bien l'agréer en qualité d'esclave. La jeune enfant prenait ainsi, dès sa jeunesse, le titre même que le Bienheureux Père de Montfort devait plus tard joindre à son nom béni et à son titre de prêtre. Ajoutons que ses propres souffrances faisaient mesurer à Marguerite l'étendue de celles des pauvres ; elle devint dès cette époque leur consolation, leur sœur de charité. Se fatiguer à les servir, c'était son repos. Laver et baiser leurs plaies, c'était sa joie, car derrière ces pauvres créatures, proie de la misère, elle voyait Jésus-Christ, son Sauveur et son Dieu, et, pour le contenter, que n'eût-elle point fait? Pour son amour encore, elle se constitua la mère et l'institutrice de quantité de petits enfants pauvres, et avec quelle sainte ardeur s'acquittait-elle de cette laborieuse tâche! Elle parcourait le village et savait si bien attirer à sa suite ses chers protégés, qu'au bout de peu de temps il se forma autour d'elle un innocent bataillon qu'elle ne venait pas toujours facilement à bout d'abriter quand arrivait l'heure de la leçon de catéchisme. Un jour Marguerite était environnée de tout ce petit peuple, lorsque son frère Chrysostome, la surprenant, lui dit : « Ma sœur, vous voulez donc devenir maîtresse d'école? — Pardonnez-moi, mon frère, répliqua-t-elle, mais ces pauvres enfants seront peut-être sans instruction si je n'en prends le soin. » Plus souvent c'était l'une ou l'autre des trois personnes citées précédemment qui interrompait Marguerite dans son petit apostolat; alors les choses ne se passaient pas si doucement, car sur-le-champ maîtresse et élèves étaient impitoyablement chassés de la chambre où ils s'étaient réfugiés.

Ainsi grandissait, mon enfant, dans la solitude d'un hameau charolais, entre Jésus et Marie, la sainte jeune fille à qui Dieu réservait dans l'Église une mission sans égale et une gloire non pareille. Ainsi croît, sur un terrain parfois peu propice, non loin des grands chênes, sur le bord de quelque source cachée, le lis aux corolles blanches et embaumées.

## CHAPITRE VI

La Bienheureuse Marguerite-Marie. — Sa vocation.

Une âme si pure et si avide du divin amour n'était point faite pour le monde, et Dieu, qui ne la voulait pas encore dans son ciel, la réservait et la préparait pour le cloître, ce paradis terrestre des anges de la terre. La pieuse Marguerite prêtait une oreille attentive à cet appel que le divin Sauveur lui faisait entendre, et déjà, dans son cœur ami du sacrifice, elle s'offrait avec un bonheur indicible à Celui qu'elle regardait, depuis sa petite enfance, comme son unique bien ici-bas.

Toutefois Dieu permit, pour épurer davantage encore un or si brillant, qu'une lutte terrible s'engageât dans cette belle âme.

Le démon dans sa jalousie ne la perdait pas de vue; il rôdait autour de cette proie prêt à la dévorer; peut-être voyait-il déjà en elle, par une permission divine, un des instruments de choix du Vainqueur du péché et de l'enfer pour le salut des siècles à venir. Dans ce cœur si uni à Dieu cependant, toutes les tendances mauvaises de notre pauvre nature viciée par le péché d'origine se soulevaient comme les vagues furieuses d'une mer en courroux. Écoutons, mon enfant, cette sainte jeune fille nous redire elle-même ces affreux combats : « Satan me disait continuellement : « Pauvre « misérable ! que penses-tu faire en voulant être reli- « gieuse ?... tu vas te rendre la risée de tout le monde, « car jamais tu ne persévéreras dans cet état... et quelle « confusion de quitter plus tard ton saint habit et de « sortir de ton cloître !... Où pourras-tu te cacher après « semblable honte ? »

Langage plein de perfidie, qui trop de fois, mon enfant, a suffi pour arrêter de belles âmes sur la route qui devait les conduire à la vie de foi, de sacrifice et de dévouement, à laquelle Dieu les appelait dans sa miséricordieuse tendresse.

A ces découragements jetés dans ce jeune cœur par les suggestions pleines de fourberie de celui qui s'appelle le père du mensonge, se joignait également la

voix trompeuse et pleine de malignité du monde, qui
ne connaît point Jésus-Christ ou qui du moins refuse
de marcher à sa suite. Les uns lui parlaient de succès
que lui procureraient certainement ses qualités brillantes; d'autres effrayaient sa délicatesse en lui re-
disant, sans en connaître le premier mot et en les
exagérant à plaisir, les austérités du cloître; la plupart
la blessaient au point le plus sensible de son âme
aimante en lui dépeignant sous les couleurs les plus
sombres la peine que son départ ne manquerait pas
de causer à sa mère chérie. Et cette mère elle-même
dont elle disait : « Oh! je l'aimais tant, et elle moi,
que nous ne pouvions vivre sans nous voir; » cette
mère aimante et aimée, ne consultant que la nature,
joignait sa voix pleine de larmes à ces voix étrangères,
et la pauvre jeune fille sentait de plus en plus l'an-
goisse et le découragement monter à flots pressés dans
son âme abattue.

Ajoutons, mon enfant, que notre Marguerite, contrainte par sa famille de voir de temps en temps la
société et de prendre part à ses fêtes, finit par subir
quelque atteinte de cette influence mauvaise dont les
âmes les plus vertueuses ne peuvent se mettre complètement à l'abri quand elles s'y exposent. C'est la
poussière du chemin qui vient tomber sur le voyageur
le plus attentif à éviter toute souillure.

« Je commençais à voir le monde, écrit-elle, et à
me parer pour lui plaire, cherchant à me divertir le
plus que je pouvais! » et la naïve jeune fille ajoute
dans sa belle simplicité que, prenant goût à ces réunions de plaisir, elle sentait son attrait pour les exercices de piété, qui jusqu'alors avaient fait son bonheur, diminuer sensiblement. C'était la grâce de Dieu
qui s'affaiblissait en elle. Toutefois le divin Maître gardait avec un soin touchant cette chère âme dont il de-

vait être l'époux adoré, et il n'est rien de plus admirable que le travail de la grâce divine qui s'y opère chaque jour à l'encontre de tant et de si grands obstacles.

Écoutons-la nous en parler elle-même dans son langage si humble et si vrai.

« Un soir, dit-elle, — c'était au retour d'une de ces fêtes mondaines qu'elle aimait de plus en plus, — je quittais ces maudites livrées de Satan, je veux dire ces vains ajustements; mon souverain Maître se présente à moi comme il était à sa flagellation, tout défiguré, me faisant des reproches étranges : que c'étaient mes vanités qui l'avaient réduit en cet état; que je perdais un temps infiniment précieux dont il me demanderait un compte rigoureux à l'heure de la mort, que je le trahissais et le persécutais après qu'il m'avait donné tant de preuves de son amour. Tout cela s'imprimait si fortement en moi et faisait de si douloureuses plaies dans mon cœur, que je pleurais amèrement. » Quelle était alors la réponse de la jeune Marguerite au divin Maître ?

« O mon Dieu, vous avez bien d'autres desseins que ceux que je projette dans mon cœur. Vous me faites connaître qu'il est dur de regimber contre le puissant aiguillon de votre amour. Ma malice et mon infidélité me font employer toutes mes forces et mon industrie pour résister à son attrait et pour éteindre en moi tous ses mouvements. Mais c'est en vain, car, au milieu des compagnies et des divertissements, ce divin amour me lance des flèches si ardentes, qu'elles percent mon cœur de toutes parts et le consument. Hélas! vous paraissez jaloux de mon misérable cœur. »

Et alors pour se punir de ce qu'elle appelait ses égarements et ses péchés, elle avait recours à la pénitence, et tout en cachant avec un soin extrême toutes ses mortifications, elle châtiait son corps, à l'exemple du grand apôtre saint Paul et le réduisait à n'être que l'esclave de son âme au lieu d'en devenir le maître et le tyran.

Hâtons-nous d'ajouter, car, en écoutant les saints parler si humblement de leurs moindres fautes et les expier si cruellemeent, on est toujours tenté de les croire plus coupables qu'ils n'ont été ; hâtons-nous, dis-je, d'ajouter qu'au milieu de ces alternatives, dans ses premiers regards vers le monde, rien n'altéra la pureté immaculée de ce cœur. A vingt ans Marguerite était ignorante comme un enfant. Elle avait horreur du mariage, et la pensée de la moindre impureté la faisait fondre en larmes. Plusieurs témoins du procès de canonisation ont affirmé qu'elle avait gardé l'innocence baptismale. Et à défaut de témoins il suffit d'ouvrir son *Mémoire*. On ne peut pas le lire sans que toutes les grandes images de Bossuet peignant l'éclat des cœurs purs se présentent à l'esprit. Disons, pour lui en emprunter une, que du berceau à la tombe le cœur de Marguerite ressemble à ces belles sources que l'on trouve dans cette partie montagneuse de la Bourgogne où elle naquit : cachées dans une anse profonde, ombragées d'un grand noyer, et offrant au voyageur une eau limpide dont le pur cristal n'est jamais ridé par aucun souffle[1].

Le divin Sauveur la récompensa de ses efforts par des grâces de choix.

« Un jour, dit-elle, après la sainte communion, il me fit voir qu'il était le plus beau, le plus riche, le plus puissant, le plus parfait et accompli de tous les amants, et que lui étant promise, d'où venait donc que je voulais tout rompre avec lui ? » — « Oh ! apprends, me dit-il, que si tu me fais ce mépris, je

---

[1] Mgr Bougaud.

t'abandonne pour jamais; mais si tu m'es fidèle, je ne te quitterai point, et me rendrai ta victoire contre tous tes ennemis. J'excuse ton ignorance, parce que tu ne me connais pas encore ; mais si tu m'es fidèle, je t'apprendrai à me connaître, et me manifesterai à toi. » Ces paroles, où il y a à la fois de l'autorité, de la majesté, de la tendresse, et cette sorte d'indignation de l'amour méprisé, percèrent d'un trait le cœur de Marguerite. Elle sentit une lumière céleste descendre dans son âme et renouvela son vœu de chasteté, décidée, « à mourir plutôt que de changer ». En sortant de l'église de Vérosvres, elle déclara sa résolution à tous les siens, « priant qu'on congédiât tous les partis, quelque avantageux qu'ils pussent être. » Marguerite, il est facile de le comprendre, avait un immense besoin de ces encouragements du Ciel. Sa famille renouvelait ses efforts pour la détourner de son projet de quitter le monde, et sa pauvre mère surtout était dans un véritable abattement à la pensée d'une séparation prochaine. La Providence eut pitié, ce semble, des larmes de cette mère au cœur si tendre et si dévoué.

Des difficultés de tout genre, indépendantes des uns et des autres, se présentèrent plus sérieuses que jamais. Trois années se passèrent ainsi, pendant lesquelles Marguerite, irrévocablement résolue à se donner à Jésus-Christ dans la vie religieuse, attendit l'heure de Dieu avec une patience angélique et une paix toute céleste. Il est vrai que ces années d'attente furent pour elle des années de bénédictions et de grâces précieuses. Le divin Maître, sur lequel elle comptait avec une confiance si douce, comblait de ses dons le cœur de sa jeune fiancée ; et elle, de son côté, comprenant de plus en plus les divins secrets du cœur de Jésus, répondait à chacune de ces faveurs par une docilité plus grande et un abandon plus complet.

Et de quels moyens se servait-elle pour correspondre aux grâces dont elle était l'objet, et pour accroître en elle cet ardent désir de se consacrer toute à son Dieu par les liens de l'obéissance, de la pauvreté et de la pureté? Les bonnes œuvres.

Sa charité, déjà si grande envers le prochain, et tout particulièrement dévouée aux pauvres, grandit dès lors d'une manière admirable. Elle conçut un amour si tendre pour les misérables, dit son historien Mgr Languet, et une compassion si vive de leurs souffrances, qu'elle ne trouvait plus de plaisir qu'à les voir, les soigner, les soulager, et elle aurait voulu n'avoir plus d'autre occupation ni d'autre conversation. Elle se serait volontiers dépouillée de tout pour les secourir, et, ne pouvant le faire autrement qu'en leur distribuant le peu d'argent qu'on laissait à sa disposition, elle le consacrait entièrement à ce saint exercice; ainsi commençait-elle à pratiquer la pauvreté. Elle portait encore ses vues plus loin. Dans les secours temporels qu'elle donnait aux malheureux, elle cherchait à joindre l'aumône spirituelle de l'instruction à l'aumône corporelle et à faire goûter l'une par l'autre. Elle s'attachait particulièrement à ces petits enfants abandonnés qui ignorent Dieu, qui ne savent autre chose que demander leur pain, et à qui l'instruction serait plus nécessaire et plus importante que l'aumône. Elle attirait ces petits ignorants par l'espérance de la charité; elle les rassemblait dans la maison; elle leur enseignait à connaître Dieu, à le prier, à craindre de l'offenser, et elle s'efforçait de jeter dans leurs cœurs quelque étincelle de l'amour divin dont le sien était embrasé. Ces soins charitables lui attirèrent de nouvelles contradictions de la part de ces personnes impérieuses et bizarres dont nous avons parlé. On se plaignait sans cesse et amèrement des importunités et

de l'embarras que causait, disait-on, cette marmaille ;
on se plaisait, sous prétexte d'économie, à mettre des
obstacles à l'exécution des pieux desseins de la demoi-
selle ; on lui reprochait qu'elle donnait à ces enfants
tout ce qu'elle pouvait attraper. On se trompait en
cela ; sa charité discrète et la délicatesse de sa cons-
cience ne lui permettaient pas de rien prendre fur-
tivement sous prétexte d'aumône. Elle en était si
éloignée, qu'elle n'osait même donner aux pauvres ce
qui était à elle en propre sans la permission de sa
mère, et elle la demandait régulièrement. Quelquefois
elle lui était refusée ; mais le refus ne la rebutait point.
Elle cédait au refus pendant un peu de temps et demeurait en paix, et puis revenant doucement une autre
fois, avec les adresses et les caresses que sa charité lui
inspirait, elle obtenait en faveur des pauvres tout ce
qu'elle avait souhaité.

Sa charité ne faisant que croître dans ce pieux exercice, elle en porta plus loin les fonctions. Elle se mit
à consoler, à visiter les malades, à panser les plaies
des pauvres. Le désir de se vaincre elle-même l'y porta
aussi efficacement que la charité, car elle avait une
grande répugnance à voir manier les plaies. Mais
depuis les combats qu'elle avait éprouvés autrefois, la
crainte d'être encore infidèle à la grâce l'avait fait résoudre à ne plus écouter en rien ses inclinations natu-
relles ni ses répugnances, et à les contredire en toute
occasion. Quoiqu'elle ne pût voir une plaie ou un
ulcère sans être saisie du mal de cœur, elle se mit
d'abord à les baiser, puis il ne lui coûta plus de les
panser. Elle le faisait comme elle pouvait, car elle
n'avait ni expérience, ni onguent, ni remèdes ; au
plus savait-elle ces légères recettes qui sont connues
des bonnes gens de la campagne, mais sa charité et sa
foi suppléaient à tout, et Dieu bénissait de telle sorte

ses - petits soins, que ces pauvres, bientôt guéris,
croyaient lui devoir la santé qu'ils auraient eu peine à
recouvrer avec des remèdes plus recherchés[1].

Le second moyen qu'elle employa pour préparer
efficacement sa vocation fut la pratique de l'obéissance : « Mon divin Maître, disait-elle, imprimait en
moi une si grande crainte de faire ma propre volonté
et de la suivre en quelque chose, que je pensais dès
lors que, quoi que je pusse faire, il ne l'agréerait que
lorsqu'il serait fait par obéissance et par amour. Cela
me mit dans de grands désirs de faire toutes mes
actions par obéissance et par amour, mais je ne savais
comment pratiquer l'un et l'autre. » — « Je ne pouvais, dit-elle, plus rien faire sans permission, non seulement de ma mère, mais de tous ceux avec qui je
demeurais et auxquels je m'assujettissais. Il est vrai
que ce m'était souvent un cruel supplice; mais, continue-t-elle, je pensais qu'il me fallait soumettre à
tous ceux à qui j'avais le plus de répugnance d'obéir. »

La vocation de Marguerite était bien arrêtée. Sa
famille s'était accoutumée à cette idée de la séparation,
et il ne restait plus que la question du choix de la
maison à la porte de laquelle elle irait bientôt frapper.
Le couvent des Ursulines de Mâcon s'offrait à elle dans
des conditions exceptionnelles; une de ses cousines
germaines, qu'elle estimait beaucoup, et dont elle se
voyait tout particulièrement aimée, était religieuse
dans cette sainte maison. Plusieurs membres de la
famille, un de ses oncles surtout, qui lui servait de
tuteur, joignaient leurs supplications à l'invitation discrète et aimable de la pieuse Ursuline. Mais comme
elle l'avoua elle-même, Marguerite semblait entendre
au fond de son cœur une voix intime et bien connue

---

[1] Mgr Languet.

qui lui disait : Ce n'est pas là que je te veux. Sa résolution fut bientôt arrêtée de ce côté : « Si j'allais dans
votre maison, dit-elle à sa parente, ce serait pour
l'amour de vous; je veux aller dans une maison où je
n'ai ni parents ni connaissances, afin d'être religieuse sans autre motif que l'amour de Dieu. » Cette
même voix intérieure lui inspira le désir de se faire
religieuse de la Visitation. Elle ne savait qu'à peine le
nom de cette congrégation, dont elle ne connaissait
aucune maison ; mais elle jugea qu'un ordre qui porte
le nom de la sainte Vierge lui permettrait de se consacrer plus intimement au culte de celle qu'elle aimait
d'un amour si tendre et dont elle avait reçu tant de
témoignages de protection.

« Ce qui m'attirait à la Visitation, écrit-elle, c'était
le nom tout admirable de sainte Marie. »

Cependant des semaines se passèrent encore sans
que les circonstances lui permissent de mettre à exécution son projet. Chaque jour lui apportait un nouvel
obstacle, et, sans toutefois se décourager, elle comprenait de plus en plus le besoin qu'elle avait d'un secours
tout particulier pour l'aider à franchir le dernier pas.
« Hélas! mon Seigneur Jésus, disait-elle, donnez-moi
donc quelqu'un pour me conduire à vous. » Le Ciel
lui envoya ce secours si ardemment désiré. Un saint
religieux de saint François d'Assise fut envoyé à
Vérosvres pour y prêcher le jubilé que Clément X
venait d'accorder à l'occasion de son élévation au souverain pontificat. — C'était vers la fin de 1670. —
Marguerite ne tarda pas à confier son âme à cet
apôtre, qui, lisant comme dans un livre ouvert les
désirs de ce cœur généreux et les desseins de Dieu sur
elle, se fit, sous les inspirations du Ciel, l'avocat de sa
pieuse pénitente auprès des membres de sa famille.

Peu de temps après, le 25 mai 1671, Marguerite,

accompagnée de son frère, qui était devenu pour elle comme un père aimant et dévoué, se mettait en route vers Paray, où se trouvait, lui avait-on dit, un monastère de la Visitation de Sainte-Marie. Pourquoi cette maison plutôt que dix autres qui l'eussent parfaitement reçue? Elle n'en savait rien.

C'était le secret de Dieu. « Aussitôt qu'on m'eut nommé Paray, mon cœur se dilata de joie et j'y consentis tout d'abord. » Écoutons-la elle-même nous raconter ses impressions au jour de cette visite au couvent de Paray : « En y mettant le pied, je sentis je ne sais quoi de doux et de céleste qui me disait intérieurement : C'est ici que je te veux. » Elle se retourna vivement alors vers son frère et lui dit : « Tenez pour certain que je ne sortirai plus d'ici. »

La joie d'avoir trouvé enfin, après de si longs délais et de si rudes combats, ce qu'elle désirait, lui inspira tant de joie et de transport, que quelques religieuses en furent surprises et craignirent que sa gaieté ne vînt de légèreté et de dissipation. Mais la mère supérieure n'en jugea pas de même; elle avait reçu de Dieu un rare discernement pour la connaissance des esprits, et elle connut aussitôt que le Ciel préparait un trésor pour sa maison dans la personne de la nouvelle postulante.

Les habitants de Paray qui la virent dans ce jour, racontent ses historiens, furent d'avis que cette jeune fille ornée avec tant de grâce, à l'air si joyeux, aux gestes si vifs et si heureux, n'était guère faite pour demeurer dans l'austère couvent des Visitandines.

« Voyez-la, se disaient-ils en souriant, qu'elle a bien les façons d'une religieuse ! » — « Et, en effet, ajoute-t-elle, je portais plus d'ajustements de vanité que jamais je n'avais fait, et me divertissais de même pour la grande joie que je sentais de me voir enfin toute à mon souverain bien. »

Il fallut cependant qu'elle différât de quelques semaines encore et qu'elle revînt dans sa famille pour
mettre ordre à ses affaires temporelles.

Elle touchait alors à sa vingt-troisième année.

Depuis un an seulement elle avait reçu le sacrement
de confirmation et ajouté à son nom de Marguerite
celui de Marie. Elle devait tant, en effet, à cette divine
Mère qui ne l'avait jamais abandonnée au milieu de
ses plus pénibles angoisses. « Ne crains rien, lui avait
dit un jour, dans une heure terrible, cette Vierge
toute bonne, tu seras ma vraie fille, je serai toujours
ta mère dévouée. »

---

# CHAPITRE VII

La Bienheureuse Marguerite-Marie. — Son noviciat.

Ce fut le samedi 20 juin 1671 que Marguerite-Marie,
accompagnée de nouveau par son frère aîné, faisait
définitivement son entrée au couvent de Paray, où elle
était impatiemment attendue.

L'heure des adieux fut terrible, et l'appel seul de
Dieu avait pu arracher aux bras de sa mère désolée, de
ses frères chéris, cette jeune fille au cœur si affectueux. Elle fit preuve, il est vrai, au dernier moment,
d'un courage extraordinaire, et, comme elle l'avoua
plus tard, son âme se remplit d'une fermeté inébran-
lable qui lui permettait de consoler sa famille et de
sécher ses larmes. Mais à peine eut-elle quitté le foyer
témoin de la scène touchante des derniers adieux,
qu'une douleur immense s'empara de tout son être, et

l'on a pu dire en toute vérité que la route qu'elle suivit pour se rendre à Paray fut pour elle une sorte de chemin du Calvaire, dans lequel une grâce toute spéciale dut la soutenir et la réconforter.

Le divin Maître, qui n'avait pas ménagé cette terrible épreuve à sainte Thérèse, à sainte Jeanne de Chantal et à bon nombre d'autres âmes généreuses, voulait que le sacrifice de cette jeune fille s'enrichît de ce nouvel effort sur la nature. L'or s'épurait de plus en plus. Le gracieux accueil qu'elle reçut à son entrée au monastère mit un peu de baume sur la blessure saignante de ce cœur généreux. Sans se douter aucunement du don précieux qui leur était fait, les saintes religieuses de la Visitation se disaient, en remerciant Dieu, que leur chère maison venait de recevoir une belle et grande âme.

Voici, tel que l'ont dépeint plus tard quelques-unes de ses Sœurs, le vrai portrait, à cette époque, de la jeune novice. Elle était d'une taille un peu au-dessus de l'ordinaire, mais d'une constitution délicate. Elle avait un visage plein d'expression, des yeux doux et clairs, l'air fort gai, l'humeur charmante. A une belle intelligence elle joignait un jugement solide et pénétrant; son âme était d'une grande noblesse, son cœur d'une bonté admirable. Ses traits exprimaient une vive piété, toutefois ils n'étaient point encore empreints de cette modestie profonde, de ce recueillement plein de douceur, qui plus tard brilleront en elle d'un incomparable éclat. Marguerite-Marie fut reçue à la Visitation par une supérieure qui a laissé dans l'histoire de cette maison et dans celle de l'ordre tout entier un nom béni et vénéré. La Mère Hersant, — tel était le nom de cette sainte religieuse, — avait suivi autrefois les conseils de sainte Chantal elle-même, puis pendant vingt ans la direction de saint Vincent de Paul. A cette double école elle avait appris le grand art de sa propre sanctification et celui, plus difficile encore, du gouvernement des âmes.

La maîtresse des novices, qui devait plus spécialement conduire la nouvelle postulante, mère de Thouvant, était également une admirable sœur; elle comptait déjà quarante-quatre années de vie de cloître.

C'est dire suffisamment que Marguerite-Marie, que nous connaissons si généreuse au service de Dieu, ne pouvait pas trouver des mains plus capables et plus dignes de la diriger dans les sentiers de la vie religieuse. Toutes les autres Visitandines étaient, au dire des chroniques contemporaines, de belles et saintes âmes. On appelait, dans l'ordre entier, ce couvent « le cher Paray », et on disait qu'il était « le Thabor des supérieures », à cause de la douce union et de la parfaite obéissance des sœurs.

Il est facile de deviner ce que durent être pour Marguerite-Marie les premiers mois de sa vie dans cette maison sainte, sous la direction habile et tendre de ces vénérables religieuses, qu'elle appelait du doux nom de Mères. La première parole que la maîtresse des novices adressa à sa nouvelle fille, au lendemain même de son entrée au couvent, est restée célèbre. Comme celle-ci, embrasée du désir de se donner toute à Dieu, venait en demander les moyens à sa digne Mère et la priait de lui enseigner plus spécialement le secret de l'oraison : « Allez, lui fut-il répondu, mettez-vous devant Dieu comme une toile d'attente devant un peintre. » C'était lui recommander de se tenir désormais de plus en plus en présence du divin Maître, de le contempler, de l'étudier, de laisser sa douce et sainte image se dessiner, s'imprimer même sur elle en lui offrant une âme simple, pure et recueillie, comme ces belles plaques d'argent sur lesquelles, dit Mᵍʳ Bougaud, grâce aux découvertes de la science, notre image s'imprime toute seule.

La jeune novice obéissante s'en va, sans plus tarder, s'agenouiller en silence aux pieds de Notre-Seigneur; et « d'abord que j'y fus, dit-elle, mon souverain Maître me fit voir que mon âme était cette toile d'attente sur laquelle il voulait peindre tous les traits de sa vie souffrante, qui s'est écoulée dans l'amour, le silence et le sacrifice, jusqu'à sa consommation; mais que, pour faire cette impression, il fallait d'abord qu'il la purifiât de toutes les taches qui lui restaient, tant de l'affection aux choses terrestres que de l'amour de moi-même et de la créature, pour lesquelles j'avais beaucoup de penchant ». C'est surtout de ce moment que date en cette âme généreuse le désir plus ardent que jamais de souffrir pour l'amour de son divin fiancé; elle cherche donc à se livrer à de rudes pénitences, et elle avoue naïvement que saint François de Sales, fondateur de la Visitation, qui avait recommandé à ses filles de ne jamais se jeter dans des austérités contraires à leurs saints règlements, l'avertit lui-même, d'une manière mystérieuse, d'apporter une plus grande modération dans sa soif de la mortification et de la souffrance.

« Mon bien-aimé père, écrit-elle, me reprit si fortement d'outrepasser en ce point les limites de l'obéissance, que jamais depuis je n'ai eu le courage d'y retourner. — Eh! quoi, ma fille, me dit-il, penses-tu plaire à Dieu en dépassant les bornes de l'obéissance? c'est elle, et non la pratique des austérités, qui est le soutien de cette congrégation. »

Le divin Maître, de son côté, continuait de répandre d'une manière visible sur sa fidèle servante ses grâces de choix. Chaque matin, dans ces premiers mois de son noviciat, elle entendait, à son réveil, une voix mystérieuse et douce qui s'adressait directement à elle, et cette voix lui citait des textes latins tirés de nos saints Livres. Elle n'en comprenait pas la signification, comme elle l'avoue elle-même, mais elle s'en allait humblement trouver sa maîtresse, qui, reconnaissant que c'était bien le langage divin, expliquait à sa fille le sens des paroles qu'elle avait entendues et le fruit qu'elle en devait tirer. Ainsi, mon enfant, le jeune Samuel rendait compte au grand prêtre Héli de la voix qu'il avait entendue dans son sommeil, et la réponse que le vieillard vénérable mettait sur les lèvres du pieux enfant, la Mère des novices la mettait sur les lèvres de sa postulante : « Parlez, Seigneur, votre servante écoute ! »

Deux mois s'étaient écoulés ainsi pour la pieuse Marguerite-Marie, dans ce travail de la sanctification de son âme, lorsque ses supérieures lui accordèrent la faveur de revêtir le saint habit des filles de la Visitation ; ce fut en la fête de saint Louis, roi de France, le 25 août 1671, jour de joie et de bénédiction pour cette belle âme, qui comprit mieux que jamais, à cette heure solennelle, qu'elle contractait avec son divin Époux un engagement plus étroit encore de l'aimer d'un plus ardent amour.

Plusieurs novices qui assistèrent à cette cérémonie de sa prise d'habit ont déposé que le visage de leur compagne resplendissait de modestie, d'humilité, et qu'un éclat céleste brillait sur tous ses traits.

Pendant que les anges de la terre admiraient ce reflet divin, les anges du ciel voyaient à découvert la beauté de cette âme dévorée de l'amour de Dieu.

Le divin Maître, à partir de ce jour que la Bienheureuse appelle le jour de ses fiançailles spirituelles, combla des grâces les plus extraordinaires sa fidèle servante. Les suavités des entretiens secrets de sœur Marguerite-Marie avec son divin fiancé furent dès lors si puissantes, qu'elle avoue en toute simplicité qu'ils la mettaient souvent dans l'impossibilité d'agir, tout en la jetant dans une profonde confusion. Des torrents de larmes coulaient souvent de ses yeux; parfois son visage devenait étincelant comme un astre. Et déjà ses sœurs étonnées se demandaient quelle était cette jeune novice : elles lui adressaient des questions embarrassantes. La pauvre religieuse se taisait alors. Écoutons le secret de ce qui se passait au fond de son âme, dans le récit qu'elle en fit plus tard par obéissance.

« Je voyais, dit-elle, Notre-Seigneur lui-même, je le sentais proche de moi; je l'entendais beaucoup mieux que si c'eût été avec mes sens corporels, par lesquels j'aurais pu me distraire pour m'en détourner ; mais je ne pouvais mettre d'empêchement à cela, n'y ayant rien de ma participation. » Elle ajoute : « Il m'honorait de ses entretiens quelquefois comme un ami, comme un époux, ou comme un père blessé d'amour pour son enfant unique, et en d'autres qualités. »

Et ses sœurs ont écrit à ce sujet des choses merveilleuses. « Elle était si unie à Dieu, dit l'une d'elles, que, soit à travailler, à écrire, à lire, elle était toujours à genoux avec un tel recueillement qu'on eût dit qu'elle était à l'église, ajoutant, ladite déposante, qu'elle l'a vue plusieurs fois trois ou quatre heures de suite dans la même position, à genoux, immobile, comme absorbée en Dieu, et qu'elle l'a trouvée toute baignée de larmes. »

« J'ai été souvent témoin, dit la sœur Marie Chevalier de Montrouan, ursuline, ancienne élève de la Visitation de Paray, qu'elle travaillait toujours à

genoux, et son recueillement était tel que la curiosité
m'a souvent poussée à la regarder longtemps, et à
inviter mes petites compagnes à la venir voir; ce
qu'elles faisaient sans que celle-ci s'en aperçût, tant
elle était absorbée en Dieu. » — « Cette union à Dieu,
dit un autre témoin, était telle qu'on eût dit qu'elle
persévérait jusque dans le sommeil. »

Et Notre-Seigneur ne se contentait pas, de la part
de cette âme choisie, des vertus ordinaires; il la voulait vraiment sainte et mortifiée, parce qu'il avait sur
elle des desseins ineffables.

Un jour qu'elle s'était laissée aller à je ne sais quelle
négligence : « Apprends, lui dit-il, que je suis un
maître saint qui enseigne la sainteté. Je suis pur, et
ne puis souffrir la moindre tache. » Et il lui dit cela
de tel ton qu'il n'y a pas de douleurs et de supplices
qu'elle n'eût préférés. « Une autre fois, dit-elle,
m'étant laissée aller à quelque mouvement de vanité
en parlant de moi, ô Dieu! combien de larmes me
causa cette faute! car, lorsque nous fûmes seul à seule,
il me reprit d'un visage sévère : « Qu'as-tu, ô poudre
« et cendre, de quoi te pouvoir glorifier, puisque tu
« n'as rien de toi que le néant? Et afin que tu ne
« puisses oublier ce que tu es, je t'en veux mettre le
« tableau sous les yeux. » Et aussitôt il me fit voir un
raccourci de ce que je suis, ce qui me surprit si fort,
avec tant d'horreur de moi-même, que s'il ne m'avait
soutenue j'en serais pâmée de douleur. C'était là le
supplice dont il punissait en moi les moindres mouvements de vaine complaisance; ce qui m'obligeait quelquefois à lui dire : O mon Dieu, hélas! ou faites-moi
mourir, ou cachez-moi ce tableau; je ne puis vivre en
le voyant. Car ce tableau imprimant en moi des désirs
de haine et de vengeance contre moi-même, et l'obéissance ne me permettant pas d'exécuter les rigueurs

que cela me suggérait, je ne peux exprimer tout ce que je souffrais. »

Toutefois le divin Maître lui montrait plus particulièrement le besoin qu'elle avait d'une obéissance absolue. « Tu te trompes, lui disait-il, en pensant me plaire par ces sortes d'actions et de mortifications. J'agréerais plutôt qu'une âme prît ses petites commodités par obéissance, que de s'accabler d'austérités et de jeûnes par sa propre volonté. » Tout cela, Notre-Seigneur le lui dit si souvent, si nettement, avec de tels termes, sous des images si ravissantes, que je me résolus, dit-elle, de mourir plutôt que d'outrepasser tant soit peu les limites de l'obéissance.

« Rien ne m'était difficile, écrit-elle, parce qu'il tenait encore en ce temps toute la rigueur de mes souffrances absorbée dans la douceur de son amour. Je le suppliais souvent de retirer de moi cette douceur pour me laisser goûter les amertumes de ses angoisses et de ses agonies. Mais il me répondait de me soumettre à sa conduite et que je verrais plus tard combien il était un sage et savant directeur qui sait conduire les âmes quand elles s'abandonnent à lui en s'oubliant elles-mêmes. »

Vainement la jeune novice cherchait à cacher les faveurs dont elle était l'objet de la part de son divin fiancé. Dieu permit que ses mères et ses sœurs fussent les témoins de ces ineffables prodiges. Toutes étaient plongées dans le plus grand étonnement ; quelques-unes se scandalisaient de cet état extraordinaire.

Ce n'était pas seulement les longues heures qu'elle passait à genoux dans la chapelle ou dans sa cellule, ce visage lumineux, ces yeux remplis de larmes, c'était une sorte d'absorption dont il fallait la tirer sans cesse. Dès les premiers mois, la mère des novices crut devoir déclarer à Marguerite-Marie que toute cette manière de faire n'était pas dans l'esprit de la Visitation; que si elle ne s'en retirait pas, on ne la recevrait pas à la profession.

Cette menace jeta la jeune novice dans une grande désolation, et elle essaya de renoncer à ce genre de vie. Mais comment faire ? « Cet Esprit, dit-elle, avait déjà pris un tel empire sur le mien, que je n'en pouvais plus jouir, non plus que mes autres puissances que je sentais absorbées en lui. »

« Je faisais, dit-elle encore, tous mes efforts pour m'appliquer à suivre la méthode d'oraison que l'on m'enseignait avec les autres pratiques, mais rien n'en demeurait dans mon esprit. J'avais beau lire mes points d'oraison, tout s'évanouissait et je ne pouvais rien apprendre ni retenir que ce que mon divin Maître m'enseignait, ce qui me faisait beaucoup souffrir, car on détruisait autant que possible toutes ses opérations en moi, et je combattais contre lui autant que je pouvais. »

Pour l'aider à cette lutte, on la confia, comme aide, à la sœur chargée de l'infirmerie, avec ordre de la faire travailler beaucoup et de ne pas lui laisser un moment de repos. Toujours soumise et obéissante, elle se livra volontiers à tous les emplois les plus humbles et les mieux faits, ce semble, pour la tirer de ses contemplations, que quelques-unes de ses sœurs appelaient des rêveries. Mais ce moyen resta sans résultat. Notre-Seigneur, qui s'était emparé de cette âme, y régnait en maître, et en dépit de ces obstacles il l'enivrait de délices. Errant dans les corridors, un balai à la main, pendant que toutes ses sœurs étaient doucement agenouillées au pied des saints autels, elle avait toujours devant les yeux l'objet invisible de son amour. Elle le contemplait, elle l'écoutait; elle vivait sous le charme d'une vision perpétuelle qui la faisait jouir de son céleste Époux. Elle chantait en travaillant :

> Plus on contredit mon amour,
> Plus cet unique bien m'enflamme !
> Que l'on m'afflige nuit et jour,
> On ne peut l'ôter de mon âme.
> Plus je souffrirai de douleur,
> Plus il s'unira à mon cœur.

Cependant l'anniversaire de la prise d'habit approchait, et on ne l'avait pas encore appelée à la profession.

Ses mères et ses sœurs admiraient sans doute toutes ses vertus, son humilité sans bornes, son obéissance prompte et joyeuse, sa charité toujours empressée, mais les supérieures n'étaient pas sans crainte à son sujet, en raison des voies extraordinaires dans lesquelles elle était entrée sans pouvoir, malgré sa bonne volonté, s'en retirer. Trois mois se passèrent ainsi, et Dieu permit que les hésitations et les inquiétudes du conseil de la communauté fissent place à une douce confiance dans la solidité de cette vocation si extraordinaire. Elle fut appelée à commencer sa retraite de profession le 27 octobre 1672. Il faut renoncer à peindre le recueillement, le silence, l'union profonde de Marguerite-Marie avec Notre-Seigneur dans ces heures bénies. Dès le second jour elle était déjà plongée dans un tel état de contemplation que, pour l'en détourner et la distraire un peu, la supérieure l'envoya dans le jardin garder une ânesse et son petit ânon que la communauté venait d'acheter pour le service d'une sœur malade. Ordre était donné à la sainte novice de veiller à ce qu'ils ne pénétrassent pas dans le jardin potager, qui était tout auprès, et qu'aucune clôture ne protégeait. Elle passait donc la journée à courir, tantôt après l'ânesse, tantôt après l'ânon, que tentaient les herbes du potager. La fervente novice eût mieux aimé, sans doute, rester à genoux au pied du saint autel, mais elle était où Dieu la voulait; que fallait-il de plus? « Si Saül, disait-elle naïvement, avait trouvé le royaume d'Israël en cherchant les ânesses de son père, pourquoi n'obtiendrais-je pas le royaume des cieux en courant après ces animaux? »

Elle le trouvait, en effet, car c'est dans ce lieu, parmi ces humbles occupations, qu'agenouillée dans un petit bouquet de noisetiers qu'on montre encore et qui a survécu à tout, elle reçut une des plus grandes faveurs de sa vie. Elle en a parlé en termes trop brefs et surtout trop couverts. « Je me trouvais si contente en cette occupation, dit-elle, et mon Souverain m'y tenait si fidèle compagnie, que toutes ces courses ne m'inquiétaient pas. Ce fut là que je reçus de si grandes grâces que jamais je n'en avais expérimenté de pareilles, surtout ce qu'il me fit connaître sur le mystère de sa sainte mort et passion; mais c'est un abîme à écrire, et la longueur me fait tout supprimer. Je dirai seulement que c'est ce qui m'a donné tant d'amour pour la Croix que je ne peux vivre un moment sans souffrir, mais souffrir en silence, sans consolation, soulagement ou compassion, et mourir avec le Souverain de mon âme, accablée sous la croix de toutes sortes d'opprobres, d'oublis, d'humiliations et de mépris. »

Enfin, le 6 novembre 1672, après une retraite de huit jours pendant lesquels le divin Maître la combla d'ineffables délices, elle prononça ses saints vœux dans la chapelle actuelle du monastère de la Visitation, à la grille qui subsiste encore aujourd'hui.

Marguerite-Marie, de fiancée, était devenue l'épouse de Jésus-Christ.

## CHAPITRE VIII

La Bienheureuse Marguerite-Marie. — Sa vie religieuse.

Au jour béni où, dans les transports d'une joie bien facile à comprendre, la sœur Marguerite-Marie prononça ses saints vœux, le divin Sauveur daigna se manifester à elle et lui adresser ces paroles : « Jusqu'ici, je n'étais que ton fiancé; à partir de ce jour, je veux être ton époux. »

Ce titre d'époux, mon enfant, le divin Maître se plaît à le prendre surtout vis-à-vis des âmes pures, qui, après avoir renoncé aux affections terrestres, se consacrent entièrement à son service; pour cette raison, vous entendrez souvent appeler la religieuse du nom d'épouse de Jésus-Christ. C'est dire que la tendresse, les soins touchants dont vous voyez votre père entourer celle qu'il appelle son épouse et que vous nommez du doux nom de mère, le divin Sauveur se plaît à les reporter, dans un degré de générosité qui ne peut appartenir qu'à lui seul, sur ces âmes qu'il chérit d'autant plus que, par amour pour lui, elles ont renoncé plus complètement aux affections et aux joies humaines.

La sœur Marguerite-Marie était heureuse d'appartenir, à ce titre si doux, au divin Maître qui avait captivé son cœur dès sa plus tendre enfance, et dans sa vive reconnaissance pour la faveur ineffable qu'elle venait de recevoir dans ce jour même de sa profession, elle prit une plume, qu'elle trempa dans quelques gouttes de sang tirées de ses veines, et elle écrivit son acte de consécration au divin Époux de son âme.

Cet acte de donation se terminait par ces paroles, qui rappellent celles de sainte Thérèse :

> Tout en Dieu et rien en moi !
> Tout à Dieu et rien à moi !
> Tout pour Dieu et rien pour moi !

Et elle signa : « Son indigne épouse, sœur Marguerite-Marie, morte au monde. »

Ce n'était point là, de la part de la jeune religieuse, une vaine formule écrite dans un moment de saint enthousiasme.

Avant d'écrire avec son sang cet acte solennel, elle l'avait écrit, nous le savons, dans son esprit et dans son cœur; elle l'avait traduit surtout, et de la manière la plus édifiante, dans toute sa vie d'enfant, de jeune fille, de postulante et de novice.

Devenue professe, elle va s'appliquer avec un zèle plus ardent encore à y conformer chacun de ses instants de sa vie du cloître.

Pour mieux la connaître et la comprendre dans cette œuvre divine, laissez-moi vous dire un mot de la vie religieuse. C'est la vie d'une âme que Dieu a appelée ici-bas à le suivre de plus près dans le chemin de la perfection. Un jour, peut-être bien jeune encore, cette âme, comme le jeune homme dont nous parle le saint Évangile, a entendu le divin Maître lui dire : « Veux-tu être parfaite? Abandonne tout pour te mettre à ma suite, ton pays, ta famille, tes habitudes les plus douces, et surtout quitte-toi toi-même. » Et cette âme a suivi les exemples des Apôtres; elle est venue mettre aux pieds de Jésus-Christ, non pas seulement les biens fragiles dont elle fait avec joie le sacrifice, mais ses affections les plus chères, son esprit, son cœur, sa volonté, sa liberté tout entière, heureuse de ce dépouillement qu'elle voudrait faire plus complet et plus généreux encore; après un essai béni du Ciel dans lequel elle a étudié sa vocation, contemplé de plus près le divin Crucifié, soupesé sa croix, essayé sa couronne, goûté à son calice, contemplé la colonne, les fouets, les liens, les crachats, les sueurs et le sang de son divin fiancé, elle a dit courageusement: « Avec vous, ô Maître adoré, je veux monter jusque sur le Calvaire; avec vous, je veux y fixer ma tente pendant les quelques jours de ma vie mortelle. » Et alors, du haut de sa croix, Jésus lui a dit d'élever ses regards vers le ciel; c'est de ce sommet baigné par le sang de la divine Victime qu'elle en voit mieux les splendeurs; et cette âme courageuse et fidèle a vu le trône de l'Agneau; elle a entendu les accents mélodieux des harpes d'or qui chantent l'hosanna éternel. Elle a contemplé les vierges revêtues de longues robes blanches, les martyrs qui ont arrosé la terre de leur sang, les troupes des bienheureux de tout âge, de tout sexe, de tout rang, qui ont sur le même sol triomphé du monde et d'eux-mêmes. A cette vue son cœur s'est épanoui, son âme a tressailli d'espérance et d'énergie, et elle s'est écriée: « Oui, ô mon Jésus, la terre me paraît bien méprisable quand je contemple votre beau ciel; je suis à vous, je vous suivrai partout jusqu'au dernier soupir; à vous de me guider, de me soutenir, de m'encourager, car, si je suis votre bien, n'êtes-vous pas mon tout, pour le temps et pour l'éternité? »

Telle est bien, mon enfant, l'histoire de la vie religieuse de Marguerite-Marie. Appelée par Jésus, elle a tout quitté pour marcher à sa suite; les sacrifices qui lui ont été demandés lui coûtèrent sans doute, mais elle les a acceptés avec joie, puisqu'il s'agissait de se donner à son Dieu! L'espérance des joies inénarrables du ciel l'encourage et la fortifie, et elle avance chaque

jour, de plus en plus, à pas de géant, suivant la parole
de nos Livres saints, dans ce chemin de la perfection
religieuse.

Ses historiens, dans le récit de sa vie du cloître, ont
écrit des pages admirables, qu'on ne peut lire sans une
émotion profonde, qui arrache aux yeux des larmes
bien douces et au cœur ce chant du roi-prophète :
O mon Dieu, que vous êtes admirable dans vos saints !

Détachons-en, pour notre édification, quelques lignes
seulement, petites fleurs brillantes et parfumées cueil-
lies dans le parterre embaumé du cœur de notre Bienheureuse.

L'humilité, cette grande vertu chrétienne et religieuse, base de toutes les autres vertus, brillait en
elle du plus pur éclat.

Écoutez-la nous dire elle-même ce qu'elle en pense :
« Il me semble, dit-elle, que je ne serais jamais en
repos que je ne me voie dans des abîmes d'humiliations, inconnue de tout le monde et dans un éternel
oubli, ou si l'on se souvenait de moi, que ce ne soit
que pour me mépriser davantage ! En vérité, si l'on
savait le désir que j'ai d'être humiliée et méprisée, je
ne doute pas que la charité ne portât tout le monde à
me satisfaire sur ce point. »

Ses actes répondaient à ses paroles. Parmi les différents emplois du monastère, quels sont ceux qui lui
plaisaient davantage et qu'elle acceptait avec une plus
vive reconnaissance ? Ce sont les plus bas, les plus vils
en apparence ; et lorsque dans le but de l'épurer et
de faire briller davantage sa vertu, ses supérieures lui
adressent quelques reproches sur ses rares imperfec-
tions et ses petites négligences, elle va d'elle-même
au-devant de ces humiliations, elle les demande même
comme une faveur précieuse. Les louanges qu'on lui
adressait parfois la jetaient dans la confusion la plus

profonde. Sa réputation de sainteté s'étendait, en effet, de plus en plus, et des personnes du monde venaient ou la voir par curiosité, ou la consulter par estime, ou lui écrivaient pour recevoir ses avis. « O mon Dieu! disait-elle à cette occasion, armez plutôt contre moi toutes les fureurs de l'enfer que les langues des créatures de vaines louanges et d'applaudissements; que plutôt toutes les contradictions et les confusions viennent fondre sur moi. » Nous verrons plus tard cette humilité mise à la plus rude épreuve quand il s'agira de lui arracher ses secrets divins.

L'obéissance, qui est, suivant saint Augustin, le char de feu sur lequel monta le prophète Élie, et qui l'emporta directement au ciel, était bien la vertu favorite de notre sainte religieuse; humble comme nous l'avons vue, elle ne pouvait ne pas être d'une soumission admirable en toutes choses. Elle regardait comme autant de préceptes les plus petites observances marquées dans les règles de la communauté. A l'instant que la cloche commençait à sonner, elle interrompait subitement tout ce qu'elle faisait pour obéir à l'ordre de Dieu; laisser imparfaite une syllabe ou une lettre à demi formée, couper un mot dans la conversation à ce moment même, était pour elle une habitude de chaque jour et de chaque heure.

Jamais on ne l'a vue s'excuser ou se justifier; elle convenait toujours d'avoir tort et s'en humiliait profondément. Le silence avait pour elle un attrait tout particulier, et quand elle était obligée de converser, elle ne parlait que de Dieu, tout entretien de choses vaines la faisant souffrir. « De grande parleuse que j'étais, dit-elle, je suis devenue si ignorante, que je ne sais plus rien; je ne sais pas même que dire. Cependant, ajoute-t-elle, je ne désire apprendre autre chose que Jésus crucifié. »

Elle pratiqua la pauvreté selon la perfection de cette belle vertu religieuse. Elle ne se bornait pas à ne rien posséder, elle croyait qu'il était de son état de sentir et de porter les incommodités de la pauvreté, et de les porter sans plainte; aussi était-elle toujours contente de tout ce qu'on lui donnait pour ses habits, pour sa nourriture, pour les petits meubles de sa chambre; elle recevait avec reconnaissance tout ce qu'on lui présentait, en maladie comme en santé, et le regardait comme une grâce qui ne lui était pas due; et quand elle manquait de quelque chose, elle en portait en paix la privation, disant que l'état des pauvres c'est de manquer des commodités de la vie, et que la disposition des pauvres volontaires, qui ont fait choix de la pauvreté par amour pour Jésus-Christ, c'est d'aimer à éprouver les inconvénients et les peines de cette condition. « Ce n'est pas être véritablement pauvre, ajoutait-elle, que d'en avoir fait le vœu et de ne manquer de rien. » De là venait que, quand elle avait la liberté du choix, son penchant la portait toujours vers ce qu'il y avait de pire, de plus usé, de plus mauvais, soit dans les habits, soit dans les meubles et les autres choses qui étaient à son usage.

L'esprit de pauvreté la rendait laborieuse au-dessus de ses forces, et l'on était surpris de voir qu'avec une santé si faible et un si grand goût pour l'oraison, elle pût achever tous les ouvrages dont elle était chargée dans ses emplois; les religieuses disaient entre elles, à ce sujet, qu'il fallait que son bon ange fît la meilleure partie de ses travaux. Le vrai secret qu'elle avait pour en venir à bout, c'est qu'elle ne perdait aucun moment; et quand elle n'était pas en prière, elle avait toujours quelque ouvrage entre les mains; elle le portait même au parloir, se croyant obligée, en qua--

lité de pauvre, à gagner sa vie de son travail. Elle joignait à ce penchant pour le travail une grande charité
pour soulager les autres dans le leur ; elle allait quelquefois s'offrir aux sœurs de la cuisine pour les aider
à porter le bois, laver la vaisselle et partager avec elles
les ministères les plus fatigants, et elle a conservé
cette pratique toute sa vie. Lors même qu'elle fut assistante, elle s'exerçait encore, quand l'occasion se présentait, aux mêmes ministères, et elle recherchait avec
empressement ces sortes d'ouvrages, dont l'esprit de
charité et celui de la sainte pauvreté semblaient se
disputer le mérite.

La charité brillait en elle d'un éclat plus vif encore
s'il est possible. Nous avons vu de quel amour son
cœur d'enfant, de jeune fille, de novice brûlait pour
son aimable Jésus ; cet amour ardent ne fit que grandir quand elle fut devenue l'épouse de ce divin Maître.

« Je n'entreprendrai point, dit Mgr Languet, à qui
j'ai emprunté, en les abrégeant, ces intéressants détails, de le décrire ; il faudrait un séraphin pour en
parler dignement. »

« Jésus-Christ, s'écrie-t-elle, — et l'accent avec
lequel elle prononçait ce nom béni valait tout un dis-
cours, — Jésus-Christ !... plus j'avance, plus je vois
qu'une vie sans votre amour est la dernière de toutes
les misères !... Pour aller à Jésus-Christ, s'il me fallait
marcher sur un chemin de flammes et les pieds nus,
il me semble que cette peine ne serait rien... Quand
j'ai reçu Jésus-Christ, je demeure comme anéantie,
mais avec une joie si ravissante, que quelquefois pendant un demi-quart d'heure, tout mon intérieur est
en profond silence pour entendre la voix de celui que
j'aime. »

Mais ce Jésus tant aimé, elle ne pouvait le voir sans
sa croix.

Un jour, il est vrai, Notre-Seigneur lui apparut, lui montrant une croix toute couverte de fleurs : « Peu à peu, lui dit-il, ces fleurs tomberont; il ne restera que les épines que ces fleurs cachent à cause de ta faiblesse, mais elles te feront sentir si vivement leurs pointes que tu auras besoin de toute la force de mon amour pour en accepter le martyre. »

Aussi cette sainte amante de Jésus crucifié, disait-elle que rien n'était capable de lui plaire en ce monde que la croix de son divin Maître, mais une croix toute semblable à la sienne, c'est-à-dire pesante, ignominieuse, sans douceur, sans consolation, sans soulagement.

On peut bien ajouter, mon enfant, sans entrer dans des détails qui effrayeraient votre délicatesse, que la vie de notre sainte religieuse fut, en effet, de plus en plus une sorte de martyre volontaire dont le récit arrache, des yeux et du cœur, des larmes d'attendrissement et d'admiration. Toutefois, comme saint Paul, elle s'écriait qu'au milieu de ses douleurs de toute sorte elle surabondait de joie. « O mon Dieu, s'écriait-elle, suspendez vos douceurs ! »

Telle était, mon enfant, sœur Marguerite-Marie. Tels sont tous les saints, dit Mgr Bougaud. Pour nous, pour la plupart des hommes, Dieu est une connaissance que l'on salue de loin et à peine. Pour quelques-uns, c'est un ami; pour bien peu, un ami intime. Et puis, dans cette foule, il y en a pour lesquels Dieu est plus qu'un ami, plus qu'un père, plus qu'un époux, qui ont pour lui un amour qui va jusqu'à la passion, jusqu'à la folie. Le monde ne comprend pas ce mystère, il en rit et s'en moque.

La sainte Vierge continuait à la fervente religieuse les grâces dont elle l'avait comblée dans sa petite enfance et dans les années de sa jeunesse et de son noviciat. Un jour la Mère de Dieu se montra sensiblement à elle et lui accorda la même faveur qu'elle fit autrefois à saint Antoine de Padoue. Elle lui apparut, en effet, portant dans ses bras son divin Fils; elle le lui présenta et lui permit de le caresser et de le tenir dans ses mains virginales. Quelle douce récompense pour le cœur aimant de notre Bienheureuse !...

Je termine, mon enfant, ce chapitre de la vie religieuse de sœur Marguerite-Marie par une belle page de ce même évêque, Mgr Languet, qui nous a déjà fourni de si précieux renseignements :

« Qu'on me permette, écrit ce saint et savant historien, de conjurer les gens du monde qui liront ces merveilles de ne point blasphémer ce qu'ils ignorent. Ils ne pourront les croire, parce qu'ils ne pourront les comprendre; mais qu'ils se souviennent qu'il est écrit que la sagesse de Dieu est un trésor caché, que les sens humains ne peuvent y atteindre, que l'esprit même de l'homme ne peut concevoir ce que Dieu réserve à ceux qui l'aiment.

« D'ailleurs les premiers prodiges de la vie de sœur Marguerite doivent rendre croyables ceux qui suivent dans l'ordre des temps. Celle qui avant l'âge de douze ans pratiquait déjà les mortifications surprenantes que nous avons racontées, qui vivait dès lors avec tant de pureté et de ferveur, à qui, dans l'enfance, les pratiques héroïques des vertus chrétiennes étaient familières, n'a-t-elle pas pu, à l'âge de vingt-cinq ans, être élevée à une vie intérieure si sublime qu'elle passe la portée des hommes? C'est trop avilir les richesses de la bonté de Dieu de vouloir que ses faveurs soient réglées sur nos faibles idées.

« Après tout, que les critiques commencent à chercher Dieu, à le connaître et à l'aimer, et, par ce qu'ils éprouveront alors de ses grâces consolantes, ils apprendront à se former une plus juste idée de ces faveurs plus sublimes, que Dieu, infini dans sa libéralité comme dans ses autres attributs, prépare aux âmes ferventes et courageuses; ils verront que ces communications admirables, dont on a vu des exemples dans la vie des saints que l'Église honore, ne sont ni impossibles au Seigneur ni indignes de sa bonté. »

Aimez à vous rappeler ces considérations lorsque plu tard, mon enfant, vous serez jeté au milieu d'un monde qui, sans la comprendre, se rit de la vie religieuse.

Les plus belles intelligences, même parmi les hommes qui n'ont pas le bonheur de croire et de pratiquer, ont toujours admiré le dévouement et même le bonheur des âmes consacrées à Dieu :

« Ah ! s'écrie un grand littérateur, Alexandre Dumas, en parlant de nos religieuses hospitalières, il faudrait baiser la trace de leurs pas ! »

Un écrivain anglais éminent, peut-être le plus grand prosateur de son pays et de son temps, le protestant Johnson, a écrit cette phrase admirable que nos impies modernes ne devraient pouvoir lire sans honte et sans remords :

« Dans mes lectures, je ne rencontre jamais un anachorète sans lui baiser les pieds en imagination, ni un monastère sans tomber à genoux pour en baiser le seuil. »

De son côté, un de nos plus grands poètes français a chanté les trésors de tendresse divine et humaine que renferment les cloîtres, dans ces vers immortels :

Cloîtres silencieux, voûtes des monastères,
C'est vous, sombres caveaux, vous qui savez aimer !
Ce sont vos froides nefs, vos pavés et vos pierres
Que jamais lèvre en feu n'a baisés sans pâmer...
... Oui, c'est un vaste amour qu'au fond de vos calices
Vous buviez à plein cœur, moines mystérieux !
Vous aimiez ardemment ! oh vous étiez heureux.

## CHAPITRE IX

La dévotion au sacré Cœur de Jésus. — Ses origines.

Avant d'entrer dans le récit des révélations par lesquelles le divin Sauveur lui-même a daigné manifester au monde les bontés, les richesses, les reproches,
les désirs et les promesses de son Cœur sacré, il est
bon, mon enfant, que je vous fasse connaître en quoi
consiste cette dévotion au sacré Cœur.

Le cœur, on l'a dit, c'est tout l'homme. C'est la
source même, le principe de sa vie, le tabernacle de
l'âme. Ainsi Dieu, comme nous le lisons dans nos
saints Livres, ne regarde-t-il que le cœur,... il ne demande que le cœur. Si Platon mettait l'âme dans la
tête, c'est dans le cœur, remarque saint Jérôme, que
Jésus-Christ l'a mise. C'est là que se réunissent, en
effet, toutes les forces de l'âme humaine, là que se
forment les désirs, que naissent, plus encore que dans
l'esprit, les pensées, les espérances, tous les sentiments. C'est le cœur qui fait l'homme éloquent; c'est
le cœur qui fait le saint ou le réprouvé. Nous-mêmes,
ici-bas, ne sommes-nous pas habitués à juger les
hommes par leur cœur et à préférer les nobles sentiments d'un cœur généreux et dévoué à toutes les actions
les plus éclatantes? N'aimons-nous pas à compter plutôt sur le bon cœur de nos amis que sur leurs talents,
leurs dignités, leur fortune? Ne nous faisons-nous
pas nous-mêmes un mérite de la bonté, de la droiture,
de la générosité de notre cœur? N'est-ce pas par le
cœur que nous voulons être connus et estimés?

Chapelle du monastère de la Visitation. (Maître-autel.)

(P. 83.)

Eh bien! mon enfant, la dévotion au sacré Cœur a un double objet : un objet matériel et un objet spirituel. L'objet matériel, c'est le cœur de chair de Jésus, notre Dieu sauveur, adorable et aimable dans tout ce qui tient à sa personne par l'union de son humanité à sa divinité; l'objet spirituel et moral, c'est l'amour immense que Jésus-Christ a pour les hommes, et dont son cœur matériel nous est présenté comme le symbole et l'organe; « c'est, comme l'a dit le grand orateur de Notre-Dame de Paris, le révérend père Monsabré, la récapitulation magnifique, inexprimablement touchante de tous les mystères par lesquels l'amour de l'Homme-Dieu s'est manifesté. Nous pourrions être tentés, ajoute-t-il, de ne voir que l'amour infini d'un Dieu dans les bienfaits qui nous sauvent de la mort éternelle et nous communiquent jusqu'à la plénitude, la vie surnaturelle, mais il y là encore l'amour d'un homme. Cet amour fut le plus grand des actes que puisse produire la volonté humaine, et aussi la plus forte, la plus pure, la plus sainte des passions qui puissent agiter son cœur de chair. L'amour immense, tendre et généreux que le divin Sauveur a dépensé pour nous ne s'est pas concentré dans sa divinité, ni même en sa sainte âme, il a retenti jusqu'à son cœur de chair, et a pris dans ce cœur de chair le fleuve de la rédemption. Aussi l'Homme-Dieu a-t-il eu raison de dire en nous le montrant : « Voilà ce cœur qui a tant « aimé les hommes! »

Quant à la fin que s'est proposée le divin Maître lui-même en cette dévotion, c'est évidemment de nous faire reconnaître par toute sorte d'hommages, et particulièrement par ceux d'un amour réciproque et reconnaissant, sa tendresse pour nous, principalement dans le sacrement de l'Eucharistie, de nous encourager à réparer, selon notre pouvoir, les outrages et les indignités auxquels il s'est livré pour nous pendant sa vie mortelle, et auxquels il est exposé, aujourd'hui encore, dans son adorable Sacrement.

L'amour en est l'objet, l'amour en est le motif, l'amour en est la fin. Et le cœur et l'amour sont comme synonymes parmi les hommes, et l'image du cœur sera toujours prise par eux pour la représentation de l'amour.

Dès ce moment redisons donc avec l'apôtre de Notre-Dame de Paris qui avait fait connaître à son auditoire d'élite l'intelligence, la science de Jésus-Christ : « O mon Sauveur, j'ai admiré votre esprit et votre science, mais votre cœur m'étonne davantage par sa largeur, sa longueur, sa hauteur, sa profondeur, et je comprends le cri de l'Apôtre : « Puissions-nous con-« naître l'immense amour du Christ, qui est au-dessus « de toute science ! »

La dévotion au sacré Cœur n'est pas nouvelle dans le fond des choses ; elle est nouvelle dans la forme et les manifestations extérieures. Depuis l'Incarnation, le Cœur de Jésus a été connu, adoré et aimé. L'humanité a toujours eu un respect particulier pour le cœur de ses grands hommes; il serait inconcevable qu'elle ait méconnu et laissé dans l'oubli le cœur de l'Homme-Dieu, symbole et centre de l'amour divin descendu sur la terre.

La Bienheureuse Marguerite-Marie n'a donc pas inventé la dévotion au sacré Cœur, elle a seulement rempli, avec un plein succès, la mission de la populariser; elle a provoqué dans l'Église et par l'Église l'organisation publique de ce culte sacré. Tel a été son rôle.

Dieu avait fait attendre le Messie pendant les quarante siècles d'une mystérieuse préparation, et il l'a donné au monde par la vierge Marie. Jésus fit attendre

les manifestations les plus expressives de son amour
pendant dix-sept cents ans, et c'est encore par une
vierge qu'il révéla son cœur au monde, que du moins
il réclama du monde entier en sa faveur un hommage
public et solennel. Quand le Messie est venu, les siens
n'ont point voulu le reconnaître, et les nations l'ont
persécuté durant plusieurs siècles, avant de s'agenouiller devant lui. Lorsque Notre-Seigneur est venu
révéler son cœur, il a d'abord été repoussé et méconnu
dans la maison même où il s'était montré; le monde
l'a méprisé et ridiculisé, et il a fallu deux siècles pour
le plein et complet triomphe du sacré Cœur [1]. Les
âmes privilégiées qui ont connu, adoré et aimé le Cœur
de Jésus dans le silence de leurs cloîtres ou dans le
secret de leurs extases, depuis les heures du Calvaire
jusqu'aux éclatantes manifestations de ce xviie siècle,
ont été comme les patriarches et les prophètes de la
dévotion au sacré Cœur. La Bienheureuse Marguerite-
Marie en a été l'apôtre et l'évangéliste.

Dans le désir de vous instruire et de vous édifier sur
ce sujet, mon enfant, je veux résumer pour vous un
des plus beaux chapitres de l'histoire des origines de
la dévotion au Cœur de Jésus, par Mgr Bougaud. Ce
savant et pieux prélat l'a intitulé : *L'aurore de la
dévotion au sacré Cœur.*

Dieu a mis vingt et quelques années à préparer le
cœur de Marguerite-Marie à la grande merveille dont
il va lui confier le secret, mais il s'y est pris de plus
loin pour préparer le monde à comprendre cette merveille et à l'accepter.

L'Église n'est pas restée, en effet, dix-sept cents ans
sans penser à ce cœur adorable de son divin Époux :
tant de milliers de vierges embrasées d'amour pour

---

[1] Le *Pèlerin* de Paray-le-Monial.

lui ont plus d'une fois envié le bonheur de saint Jean
se reposant sur la poitrine du divin Maître; tous ses
docteurs ont dû souvent contempler son côté percé par
la lance et le mélange d'eau et de sang qui en sortit ;
tous ses martyrs sont allés certainement puiser, au
milieu de leurs combats et de leurs tortures, la force
et la consolation à la source même de tout courage,
c'est-à-dire à ce cœur du divin Crucifié pour l'amour
duquel ils ont donné leur sang et leur vie.

Aussi remontons le cours des siècles passés, allons
jusqu'aux catacombes, à celles de Rome ou à celles de
Lyon, en ces temps où les récits sont rares, où quelques
lignes, traits de ciseau sur le marbre, de pinceau sur
les murs, forment toutes les annales de ces premières
générations chrétiennes, déjà nous voyons les regards
pieusement arrêtés sur le côté percé du Sauveur, con-
templant l'amour qui en découle et le cœur qui en est
la source.

Quand le jeune diacre Sanctus, par exemple, parut
à Lyon devant les bourreaux, et les étonna par la fermeté héroïque de son courage, et que l'historien de
son martyre, Eusèbe, se demande comment il put
endurer le fer, le feu et les tourments les plus atroces,
il n'a qu'une réponse : « C'est, dit-il, que le saint
diacre était arrosé et fortifié par la source d'eau vive
qui jaillit du cœur du Christ. »

L'Église de Lyon n'est pas la seule qui, dans ces
âges primitifs, rend hommage au sacré Cœur de Jésus.
Une inscription célèbre fut découverte en 1839 dans
l'antique cimetière de la vieille cité d'Autun. Dans cette
inscription grecque placée au II° siècle sur la tombe
d'un chrétien, on trouve avec l'affirmation de la divinité du Christ, avec les noms de Sauveur, de Jésus,
de Rédempteur, une mention spéciale de ce Cœur
adorable vers lequel, dès cette époque, se tournaient

les âmes qui avaient besoin de croire, d'espérer et d'aimer.

Tertullien, vers la fin du $II^e$ siècle, contemple le côté percé du Sauveur, et il y voit la charte de notre vocation et de notre élection au salut. Saint Cyprien, au $III^e$ siècle, s'arrête devant ce mélange singulier d'eau et de sang qui coula de la poitrine blessée du Sauveur, et il en voit également sortir l'Église toute rayonnante de beauté. Saint Ambroise, au $IV^e$ siècle, chante cette divine blessure par laquelle toutes les grâces du Sauveur ont coulé sur le monde et l'ont embaumé, semblable à ces arbres odorants qui n'émettent leurs parfums que quand on les blesse. Saint Augustin, si digne par la tendresse et la céleste élévation de son âme de comprendre les mystères du Cœur de Jésus, s'écrie : « Oh! que l'Évangéliste se sert d'un mot parfait, quand il dit : Un des soldats lui ouvrit le côté avec sa lance. Il ne dit pas : Le côté fut frappé; il dit : Le côté fut ouvert; c'est-à-dire que la porte de la vie s'ouvrit, d'où s'épanchèrent sur le monde les sacrements et toutes les grâces. » — « Considère, ô homme, fait-il dire à Notre-Seigneur, combien j'ai souffert pour toi. Ma tête a été couronnée d'épines; mes pieds et mes mains percés; mon sang répandu. Enfin je t'ai ouvert mon Cœur et t'ai donné à boire le sang précieux qui en découle! Que veux-tu de plus? Approchons donc, continue le saint docteur, de cette fontaine d'eau vive, dont il nous donnera gratuitement l'eau salutaire. C'est lui qui nous invite à y puiser : *Que celui qui a soif vienne à moi.* Voilà la fontaine très pure qui jaillit au milieu du paradis et arrose toute la terre. » Dans ces paroles de saint Augustin on entend saint Jean Chrysostome, saint Basile, saint Grégoire de Nazianze, saint Éphrem, saint Cyrille et les autres Pères du $IV^e$ siècle.

Pénétrés de cette doctrine, les artistes des premiers siècles ont une manière grandiose de la peindre aux yeux, quand ils représentent Jésus en croix. Son côté est largement ouvert; il en sort un torrent impétueux de sang, et au pied de la croix on voit l'Église debout, qui tient un calice à la main et qui recueille le sang précieux.

Laissons maintenant ces temps lointains et entrons dans l'époque des grands docteurs du moyen âge : quel progrès! Ce n'est plus seulement le côté percé qu'ils contemplent; à travers le côté percé, c'est le Cœur brûlant d'amour qu'ils commencent à apercevoir et qu'ils adorent : « Votre Cœur a été blessé, s'écrie saint Bernard, afin que la blessure visible nous fît connaître l'invisible blessure de l'amour. » — « Oh! qu'il est bon et doux d'habiter dans ce Cœur!... Dans ce temple, dans ce saint des saints, dans cette arche précieuse, je vivrai, je louerai, j'adorerai. » Saint Pierre Maurice, le célèbre Pierre de Blois, les grands docteurs Albert le Grand, saint Bonaventure, saint Thomas d'Aquin, saint Vincent Ferrier ne tiennent pas un langage différent sur ce Cœur ouvert par la lance.

Qui pourra exprimer l'amour de saint François d'Assise pour le Cœur de Jésus? Regardez cette figure pâle et amaigrie extasiée sur les rochers de l'Alverne. On lit sur son front la douceur, l'humilité, la tendresse et la paix. Dans ses yeux brille une pure et ardente flamme qui révèle son profond amour de Dieu. Les plaies des pieds et des mains du Sauveur sont reproduites sur sa chair, et il porte à son côté l'empreinte du coup de lance qui ouvrit la poitrine de Jésus. Oh! qui peindra son émotion lorsqu'au sommet de l'Alverne, du cœur de ce séraphin qui lui apparut, jaillit ce rayon de feu et d'amour qui lui perça le cœur?

Il aimait à prononcer souvent ces paroles : « O Jésus ! mon espérance ! Que mon cœur soit transpercé par le même coup de lance dont le vôtre fut blessé ! » C'est bien à son école que le docteur séraphique et que le docteur angélique ont appris à connaître et à aimer le Cœur adorable de Jésus !

Ces enseignements si doux finirent par s'échapper du cloître, comme l'étincelle s'échappe du foyer. Bientôt, en effet, on ne tarda pas à voir des chrétiens vivant dans le monde prendre l'habitude de se retirer au côté percé de Notre-Seigneur pour y faire leur demeure. Écoutez ce récit de saint François de Sales : « Le bienheureux Elzéar, comte d'Arian en Provence, ayant été longuement absent de sa dévote et chaste Delphine, elle lui envoya un homme exprès pour savoir de sa santé, et il lui fit réponse : « Je me porte « fort bien, ma chère femme ; que si vous me voulez « voir, cherchez-moi en la plaie du côté de notre doux « Jésus ; car c'est là où j'habite et où vous me trouve- « rez ; ailleurs vous chercheriez pour néant. » C'était un chevalier chrétien, celui-là !

En même temps tous les ordres religieux établis dans l'Église à ces âges de foi, fils de saint Benoît, de saint Dominique, de saint François d'Assise, de saint Ignace de Loyola, sentaient se développer en eux les pressentiments de la dévotion au sacré Cœur.

Mais, pour voir grandir et se développer dans tout son éclat cette douce aurore, il faut jeter les yeux sur les vierges que les solitudes du moyen âge cachaient à tous les regards ; c'est bien à ces cœurs si humbles et si purs qu'il appartient, en effet, de pressentir et de goûter les mystères du Cœur de Jésus.

Écoutons sainte Gertrude s'adressant elle-même à son divin Époux : « Mon Seigneur Jésus-Christ, je vous supplie, par votre Cœur transpercé d'une lance, de percer mon cœur des traits de votre amour. » Notre-Seigneur lui apparaît, et lui montrant son côté ouvert : « Regarde mon Cœur, je veux que ce soit ton temple. » Et alors elle se sentit tirée d'une manière merveilleuse dans le Cœur de Jésus, où « de dire ce qu'elle y goûta, ce qu'elle vit, et qu'elle entendit, cela n'appartient, dit-elle, à aucune langue ni humaine ni angélique ».

Sainte Mechtilde, qui étonna le XIIIe siècle par la grandeur de ses illuminations, fut honorée sur ce sujet des mêmes faveurs. Notre-Seigneur lui fit voir, un jour qu'elle souffrait horriblement, son Cœur sacré, l'invitant à y entrer pour s'y reposer. Elle se sentit dès lors touchée d'une si vive dévotion envers ce divin Cœur, et elle en reçut de telles grâces, qu'elle avait coutume de dire : « S'il me fallait écrire les faveurs que j'ai reçues du très aimable Cœur de Jésus, je ferais un livre plus gros que celui du Bréviaire. »

Sainte Lutgarde reçut elle aussi de ce Cœur sacré des privilèges ineffables, puisque Notre-Seigneur lui permit un jour, pour la récompenser d'un grand sacrifice qu'elle venait de faire par amour pour lui, de porter ses lèvres virginales sur les plaies de son Cœur.

Sainte Catherine de Sienne, qu'on a appelée la Jeanne d'Arc de la papauté, à cause de sa mystérieuse mission pour ramener le pape d'Avignon à Rome, fut l'objet également des plus précieuses tendresses du sacré Cœur.

A ces noms bénis et vénérés, ajoutons ceux de sainte Madeleine de Pazzi, de sainte Catherine de Gênes, de sainte Marguerite de Cortone, de la douce et aimable sainte Rose de Lima, de sainte Angèle de Foligno, de sainte Claire de Montefalco, puis des saintes Marguerite de Hongrie, Béatrix de Cîteaux, Hosanna de Mantoue, Françoise Romaine, Jeanne de Valois, qui

elles aussi ont vu, contemplé, adoré, chanté le Cœur
sacré de Jésus.

On a donné à tous ces saints, à toutes ces bienheu-
reuses, dont je viens de vous rappeler le souvenir béni,
le nom de Précurseurs de la dévotion au sacré Cœur.
Saint François de Sales, le doux et aimable fondateur
de l'institut de la Visitation, et sainte Chantal, sa digne
coopératrice, ont bien droit l'un et l'autre d'être comp-
tés parmi les précurseurs de cette dévo'ion dont une
de leurs filles devait être la confidente et la messagère. Le 10 juin 1611, saint François de Sales écrivait
à sainte Chantal : « Bonjour, ma très chère mère.
Dieu m'a donné cette nuit la pensée que notre maison
de la Visitation est par sa grâce assez noble et assez
considérable pour avoir ses armes, son blason, sa de-
vise et son cri d'armes. J'ai donc pensé, si vous en êtes
d'accord, qu'il nous faut prendre pour armes un unique
Cœur percé de deux flèches, enfermé dans une couronne d'épines; ce pauvre Cœur servant dans l'encla-
vure à une croix qui le surmontera, et sera gravé des
sacrés noms de Jésus et de Marie,... car vraiment notre
petite congrégation est un ouvrage du Cœur de Jésus
et de Marie. Le Sauveur mourant nous a enfantés par
l'ouverture de son sacré Cœur. »

Ailleurs il déclare qu'il établit ses filles pour être
« les servantes du sacré Cœur », — « les adoratrices
du sacré Cœur », — « les imitatrices du sacré Cœur ».
Le Cœur de Jésus sera « leur séjour », — « la racine de
l'arbre dont elles sont les branches », — « le fondement de leurs espérances, la raison de leur être, les
Filles du sacré Cœur de Jésus! »

Sainte Chantal écrivait de son côté à ses sœurs:
« Considérez que non seulement notre doux Sauveur
nous montra son amour par toute l'œuvre de la rédemption avec tous les chrétiens, mais qu'il nous

oblige spécialement, nous autres de la Visitation, par le don et faveur qu'il a faite à notre ordre, et à chacune de nous en particulier, de son Cœur. Si nous apprenons et pratiquons bien la leçon que cet amoureux Sauveur nous donne par ces paroles : « Apprenez de moi que je suis doux et humble de cœur, » nous aurons l'honneur de porter le titre de Filles du Cœur de Jésus. »

Dieu voulait encore un autre précurseur plus immédiat et non moins admirable de la dévotion au sacré Cœur. Ce fut le vénérable P. Eudes, fondateur d'un institut de prêtres voués principalement aux missions, et dont le procès de béatification vient d'être introduit à Rome. Ce saint prêtre, dont le nom trop oublié aujourd'hui, jeta au XVII<sup>e</sup> siècle un éclat si vif et si pur, avait un zèle ardent pour les sacrés Cœurs de Jésus et de Marie, qu'il ne pouvait séparer dans sa vénération et son amour. Aller au Cœur de Jésus par le Cœur de Marie, telle était sa doctrine; elle sera également un peu plus tard celle du bienheureux P. de Montfort.

Le P. Eudes commença par établir le culte du très saint Cœur de Marie, et dès l'année 1648, au cours d'une mission, il en établit la fête au diocèse d'Autun avec l'autorisation de l'évêque de cette ville. Cette dévotion au Cœur de Marie se propagea rapidement, surtout dans la Normandie et dans la Bretagne, théâtres les plus ordinaires des travaux apostoliques de l'homme de Dieu.

Encouragé par ce premier succès, il résolut de tenter la même entreprise en l'honneur du divin Cœur de Jésus. Pour cela il composa vers 1659 un office plein de suavité que Rome a revêtu, en 1861, d'une approbation solennelle, et qui dès 1670 était en vigueur parmi les religieux qui se font gloire d'être ses enfants.

En 1669, le P. Eudes, à la tête de ses missionnaires, avait donné à Rennes une de ces missions qui
font époque dans une population chrétienne. En reconnaissance du bien opéré et pour l'étendre encore,
l'évêque de cette ville autorisa la congrégation du
P. Eudes à célébrer dans son diocèse, la fête du Cœur
adorable de Notre-Seigneur Jésus-Christ. Cet acte
mémorable porte la date du 8 mars 1670 : c'était la
première fois qu'une semblable autorisation était accor-
dée officiellement dans l'Église. Les évêques de Cou-
tances, d'Évreux, de Bayeux et de Lisieux, ainsi que
l'archevêque de Rouen, firent tour à tour la même
concession pour leurs diocèses respectifs, dans le
cours des années 1670 et 1671. Puis le pieux fondateur adressa, le 29 juillet 1672, une circulaire pour
prescrire aux six maisons de son Institut, de célébrer
désormais comme fête patronale, au 20 octobre, la
fête du Cœur adorable de Jésus-Christ.

« Ce fut en 1672, le 20 octobre, écrit le P. Dufour,
secrétaire du P. Eudes, que nous avons commencé
à solenniser la fête du divin Cœur de Notre-Seigneur,
avec indulgence des Quarante-Heures [1]. »

« Le P. Eudes, écrit le savant cardinal Pitra, est
le docteur qui donne la formule précise du nouveau
culte, expose le fondement théologique, répond aux
adversaires, détermine le sens pratique et liturgique,
assigne un rite, des chants, des prières, provoque des
fêtes, des corporations, des ordonnances épiscopales,
des brefs apostoliques destinés à propager et à perpétuer la nouvelle institution. »

Assurément, ce n'est pas le P. Eudes qui reçut
du ciel la mission formelle et authentique de faire établir dans toute l'Église la fête du Sacré-Cœur; mais,

---

[1] *Vie du P. Eudes*, par le P. Doré.

en dehors de ce privilège qui n'appartient qu'à la vierge de Paray, il lui reste encore une magnifique part[1].

Ainsi tout était préparé pour les grandes révélations de Paray-le-Monial. La grâce imprimait aux âmes, en France surtout, une puissante impulsion vers les mystères de la divine charité. Il est temps que tous les voiles soient enfin levés, et que le sacré Cœur apparaisse à l'Église et à la France dans tout l'éclat de son amour et de sa gloire.

## CHAPITRE X

### La Bienheureuse Marguerite-Marie confidente des secrets du Cœur de Jésus.

Saint Jean, l'apôtre bien-aimé, avait reposé sa tête sur la poitrine du divin Maître dans la dernière cène, et cependant il n'a jamais rien écrit des mouvements du Cœur adorable de Jésus. Un jour, sainte Gertrude, favorisée elle aussi, comme nous l'avons vu, de grâces ineffables par le divin Époux des âmes, demanda à saint Jean, qui venait de lui apparaître, les raisons de son silence à ce sujet. — « J'étais chargé, lui répond l'Apôtre, d'écrire à l'Église encore naissante la parole du verbe incréé de Dieu le Père, mais la suavité de ce Cœur, Dieu s'est réservé de la faire connaître dans les derniers temps, dans la vieillesse du monde, afin de rallumer la charité qui sera notablement refroidie. »

Cette heure, marquée de toute éternité pour enrichir

---

[1] *Vie du vénérable P. Eudes*, par le P. Hérambourg, citée par le P. V. Allet.

le monde du divin secret qui doit le sauver, était arrivée, et Notre-Seigneur lui-même va faire connaître aux hommes les tendresses de son Cœur par l'entremise de l'humble religieuse, qu'il a depuis longtemps déjà et d'une manière mystérieuse préparée à cette grande mission.

Les derniers temps prédits par le disciple bien-aimé étaient venus, en effet, mon enfant, et à ce sujet je ne puis résister au plaisir de vous faire lire une belle page écrite par un saint évêque.

« O mon Dieu, ces derniers temps sont arrivés. La charité s'est refroidie, les ténèbres s'étendent, la corruption gagne, les cœurs languissent et s'en vont à la mort; l'irréflexion, la sensualité, la cupidité, l'orgueil, ont envahi la terre. Mon Dieu, comment sauver ces âmes?

« A cette foule distraite, amoureuse de nouveautés, qui s'expose sans motif à tous les entraînements du moment, qui erre à l'aventure sans direction et sans loi, il faut dire les antiques mystères, il faut rappeler les lois de la vie, mais il les faut dire dans un langage nouveau.

« A ces esprits languissants que les ténèbres du doute enveloppent et énervent, il faut un nouveau soleil, une splendeur nouvelle dans les cieux.

« A ces cœurs inclinés tristement vers la terre et devenus presque semblables au froid métal auquel ils se sont collés, il faut un principe nouveau de vie céleste et divine. A ces âmes affadies, devenues incapables de passion généreuse, que le mal a pénétrées jusqu'à leurs dernières profondeurs, qu'il a presque réduites à la pourriture du tombeau, il faut rendre la vie qu'elles n'ont plus; mais il la faut donner sous la forme de l'amour, d'un amour pur et saint.

« Hâtez-vous donc, ô mon Dieu! écoutez ceux qui

vous aiment. Les anges du ciel ont multiplié leurs
prières ; les anges de la terre ont poussé des cris
d'alarme, ils ont fait entendre leurs gémissements.

« O Cœur de Jésus, foyer de la lumière et de l'amour,
je vous salue, je vous adore. Vos clartés ont changé
en un beau jour la nuit qui nous enveloppait. Nous
pouvons parler maintenant de gloire et de résurrec-
tion, de triomphe et d'immortalité. Une ère nouvelle
commence pour l'Église. Sortie victorieuse de ses derniers et terribles combats, elle aspire à des œuvres
plus grandes encore. On la disait près de sa mort, et
jamais elle ne s'était sentie plus jeune. Penchée sur le
cœur de son Époux, elle va puiser en lui une vie toute
nouvelle. O Église, je vous aime ! Cœur de Jésus, je
vous adore [1] ! »

C'était à la sœur Marguerite-Marie que le Sauveur
avait résolu de confier la grande mission de manifester
au monde les mystères d'amour contenus dans son
Cœur adorable.

Il y avait un peu plus d'un an qu'elle était devenue
par sa profession son épouse ; et disons tout de suite
que c'est l'obéissance seule qui a pu arracher à cette
âme si humble le secret de ses ineffables entretiens
avec le divin Maître. « C'est pour l'amour de vous seul,
ô mon Dieu, s'écrie-t-elle en commençant, que je me
soumets d'écrire ceci par obéissance en vous demandant pardon de la résistance que j'y ai faite. Mais
comme il n'y a que vous qui connaissiez la grandeur
de la répugnance que j'y sens, aussi n'y a-t-il que
vous seul qui me puissiez donner la force de la sur-
monter. » Et elle ajoute ces mots admirables : « Je
reçois cet ordre comme de votre part, voulant punir
par là le trop de joie et de précaution que j'avais prise

---

[1] *Le Cœur de Jésus,* par Mgr Baudry.

pour suivre la grande inclination que j'ai toujours eue
de m'ensevelir dans un éternel oubli des créatures.
O mon souverain bien, que je n'écrive rien que pour
votre plus grande gloire et ma plus grande confusion ! »

Et dans ces confidences arrachées par l'obéissance
à sa profonde humilité il y a une telle émotion, une
sincérité si vraie, tant d'oubli de soi, que lors même
que l'Église n'aurait pas constaté elle-même la certitude de ces apparitions, il serait impossible d'en
douter, rien qu'en voyant l'accent avec lequel la Bienheureuse les raconte.

Une première révélation qui sera, à des intervalles
de temps peu éloignés, suivie de deux autres, eut
lieu le jour de la fête de saint Jean l'Évangéliste, le
27 décembre 1673. « Une fois, dit-elle, étant devant le
saint Sacrement et me trouvant un peu plus de loisir,
je me sentis tout investie de cette divine présence,
mais si fortement que je m'oubliai de moi-même et
du lieu où j'étais, et m'abandonnai à ce divin esprit,
livrant mon cœur à la force de son amour. Il me fit
reposer sur sa divine poitrine, où il me découvrit les
merveilles de son amour et les secrets inexplicables
de son sacré Cœur, qu'il m'avait toujours tenus cachés
jusqu'alors qu'il me l'ouvrit pour la première fois,
mais d'une manière si effective et si sensible, qu'il ne
me laissa aucun lieu d'en douter, moi qui crains pourtant de me tromper toujours. »

Une autre relation écrite également par Marguerite-
Marie sur cette première révélation nous donne de touchants détails, d'abord l'indication du jour où eut
lieu la merveille.

« Un jour de saint Jean l'Évangéliste, après avoir
reçu de mon divin Sauveur une grâce à peu près semblable à celle que reçut le soir de la cène ce disciple

3*

bien-aimé. » Ensuite, la description du Cœur divin
« rayonnant de tous côtés, plus brillant que le soleil,
et transparent comme un cristal. La plaie qu'il reçut
sur la croix y paraissait visiblement. Il y avait une
couronne d'épines autour de ce divin Cœur et une
croix au-dessus. »

Pendant que l'humble religieuse contemplait, toute
tremblante d'émotion et d'amour, un pareil spectacle,
Notre-Seigneur prit la parole, et « voici, ajoute-t-elle,
comme il me semble que la chose s'est passée. Notre-
Seigneur me dit : « Mon divin Cœur est si passionné
« d'amour pour les hommes, que, ne pouvant plus con-
« tenir en lui-même les flammes de son ardente cha-
« rité, il faut qu'il les répande par ton moyen, et qu'il
« se manifeste à eux pour les enrichir de ses précieux
« trésors, qui contiennent les grâces dont ils ont besoin
« pour être tirés de la perdition. » Et il ajouta : « Je
« t'ai choisie comme un abîme d'indignité et d'igno-
« rance pour l'accomplissement d'un si grand dessein,
« afin que tout soit fait par moi. »—«Puis, ajoute-t-elle,
il me demanda mon cœur, lequel je le suppliai de
prendre; ce qu'il fit, et le mit dans le sien adorable,
dans lequel il me le fit voir comme un petit atome
qui se consumait dans cette ardente fournaise. Puis,
l'en retirant comme une flamme ardente en forme de
cœur, il le remit dans le lieu où il l'avait pris, en me
disant : « Voilà, ma bien-aimée, un précieux gage de
« mon amour. Je renferme dans ton côté une petite
« étincelle des plus vives flammes de mon amour pour
« te servir de cœur et te consumer jusqu'au dernier
« moment. » Il ajouta : « Jusqu'ici tu n'as pris que le
« nom de mon esclave; désormais tu t'appelleras la
« disciple bien-aimée de mon sacré Cœur. » Après
une faveur si grande, continue la Bienheureuse, et qui
dura un si long espace de temps, pendant lequel je ne

savais si j'étais au ciel ou en terre, je demeurai plusieurs jours comme tout embrasée et enivrée; j'étais
tellement hors de moi que je ne pouvais en revenir
pour dire une parole qu'avec violence, et il m'en fallait
faire une si grande pour me récréer et pour manger,
que je me trouvais au bout de mes forces pour supporter ma peine. »

Marguerite-Marie avoue elle-même qu'elle ne put
trouver aucune parole en présence de sa supérieure,
lorsqu'il fallut lui rendre compte de ce grand événe-
ment. « Je me sentais, dit-elle, une si grande plénitude de Dieu, que je ne pouvais m'exprimer à ma
supérieure comme je l'aurais souhaité. Ce m'eût été
une grande consolation de dire tout haut ma confes-
sion générale au réfectoire, pour faire voir le grand
fonds de corruption qui est en moi, afin que l'on ne
m'attribuât rien des grâces que je recevais. »

La Bienheureuse garda de cette scène un souvenir
ou plutôt un stigmate ineffaçable. Elle ne le porte pas
visiblement sur sa poitrine, comme saint François
d'Assise ou sainte Catherine de Sienne; mais toute sa
vie elle eut une plaie invisible au côté. « Cette plaie,
dit-elle, dont la douleur m'est très précieuse, me
cause de si vives ardeurs, qu'elle me consume et me
fait brûler toute vive. » Pour que ce divin mémorial
ne s'affaiblit pas avec le temps, tous les premiers vendredis du mois, Notre-Seigneur ravivait la plaie, en
lui montrant de nouveau son Cœur. « Ce sacré Cœur,
dit-elle, m'est représenté comme un soleil brillant
d'une éclatante lumière, dont les rayons tout ardents
donnent à plomb sur mon cœur; je me sens alors
embrasée d'un tel feu, qu'il semble m'aller réduire
en cendres [1]. »

---

[1] Mémoire cité par Mgr Bougaud.

Tel fut le premier acte de la grande révélation dont l'humble religieuse devait être la messagère et l'apôtre. « On n'y voit encore, dit Mgr Bougaud, que le principe et comme l'inspiration de cette nouvelle dévotion; mais dans quelle touchante beauté! Un Dieu oublié par l'homme et ne pouvant pas se résigner à cet oubli; méprisé, insulté par l'homme, et ne réussissant pas à faire taire son amour; au contraire, décidé à le vaincre à force de tendresse, et dans ce but inventant chaque jour de nouvelles et plus divines industries! Après les splendeurs de la création, les anéantissements de la crèche; après la crèche, les douleurs de la croix; après la croix, les tendresses de la sainte Eucharistie, l'effort suprême du sacré Cœur. C'est toujours la même loi. A chaque nouveau refroidissement Dieu descend d'un degré, pour essayer de toucher des cœurs dont il ne parvient pas à se détacher. »

La seconde révélation eut lieu dans l'année 1674, six mois environ après la première. Laissons encore parler la confidente du Cœur de Jésus. « Une fois que le saint Sacrement était exposé, après m'être sentie retirée tout en dedans de moi par un recueillement extraordinaire, Jésus-Christ, mon doux Maître, se présenta à moi tout éclatant de gloire, avec ses cinq plaies brillantes comme cinq soleils, et de cette sacrée humanité sortaient des flammes de toutes parts, mais surtout de son adorable poitrine, qui ressemblait à une fournaise. Laquelle, s'étant ouverte, me découvrit son tout aimant et aimable Cœur, qui était la vive source de ces flammes. Ce fut alors, dit-elle, qu'il me découvrit les merveilles inexplicables de son pur amour, et jusqu'à quel excès il l'avait porté d'aimer les hommes, dont il ne recevait que des ingratitudes : « Ce qui « m'est beaucoup plus sensible que tout ce que j'ai « souffert dans ma passion; d'autant que s'ils me ren-

« daient quelque retour d'amour, j'estimerais peu tout
« ce que j'ai fait pour eux, et voudrais, s'il se pou-
« vait, en faire encore davantage; mais ils n'ont que
« des froideurs et du rebut pour tous mes empresse-
« ments. Toi, du moins, dit-il en terminant, donne-
« moi cette joie de suppléer, autant que tu pourras,
« à leur ingratitude. »

Mais l'humble religieuse s'excusait en alléguant son
insuffisance : « Tiens, dit-il, voilà de quoi suppléer à
tout ce qui te manque. » Et en même temps, continue
Marguerite, ce divin Cœur s'étant ouvert, il en sortit
une flamme si ardente que je pensai en être consu-
mée. » Toute pénétrée de cette flamme ardente et ne
pouvant plus en soutenir le feu, la Bienheureuse demanda à Notre-Seigneur d'avoir pitié de sa faiblesse.
« Ne crains rien, lui dit-il, je serai ta force; seulement
écoute ce que je désire de toi pour te disposer à l'accomplissement de mes desseins. » Alors Notre-Seigneur
lui demanda deux choses : la première de communier
tous les premiers vendredis de chaque mois pour lui
faire amende honorable; la seconde, de se lever entre
onze heures et minuit, chaque semaine, dans la nuit
du jeudi au vendredi, et de se prosterner une heure
la face contre terre, en expiation de tous les péchés
des hommes, et pour consoler son Cœur de cet abandon universel dont la défaillance des apôtres au jardin
des Olives n'avait été qu'une faible annonce.

« Pendant ce temps, dit la Bienheureuse, je ne me
sentais pas, ni ne savais plus où j'en étais. On vint
me retirer de là; et voyant que je ne pouvais ni répondre ni même me soutenir, on me mena à notre
Mère, laquelle me trouva comme hors de moi-même,
toute brûlante et tremblante. » Et quand la Bienheureuse lui eut dit ce qui venait de se passer, soit qu'elle
n'y crût pas, soit plutôt qu'elle feignît de ne pas y

croire, elle « l'humilia de toutes ses forces : ce qui me
faisait un extrême plaisir et me causait une joie in-
croyable; car je me sentis tellement criminelle et remplie de confusion, que, quelque rigoureux traitement
qu'on m'eût pu faire, il m'aurait semblé trop doux ».

« Et le feu qui me dévorait, continue la Bienheureuse, dans un style qui grandit avec le sujet, me jeta
dans une fièvre continue, mais j'avais trop de plaisir
à souffrir pour m'en plaindre, et je n'en parlai que
quand les forces me manquèrent. Jamais je n'ai senti
tant de consolations; car tout mon corps souffrait
d'extrêmes douleurs, ce qui soulageait un peu l'extrême soif que j'avais de souffrir. Ce feu dévorant ne
se nourrissait ni contentait que du bois de la croix, de
toutes sortes de mépris, d'humiliations et douleurs, et
jamais je ne sentais de souffrances qui pussent égaler
celle que j'avais de ne pas assez souffrir. L'on croyait
que j'en mourrais. « Une fièvre violente s'empare, en
effet, de sœur Marguerite-Marie. Tous les soins qu'on
lui prodigue n'amènent aucun soulagement pendant
plusieurs semaines. La vénérable supérieure, Mère
de Saumaise, ordonna alors, dans son inquiétude ma-
ternelle, à l'humble religieuse de demander à Dieu la
santé, ajoutant qu'elle reconnaîtrait à ce signe que
tout ce qui se passait en elle venait d'en haut et qu'elle
lui permettrait alors ses chères dévotions particulières.
Craignant d'être exaucée, comme elle l'avoua elle-
même, la pauvre malade, malgré ses répugnances, se
soumit aussitôt à cet ordre, et après une courte prière,
la fièvre cessa immédiatement, au grand étonnement
du médecin de la maison et à la grande joie de la supérieure, qui fut fidèle à la promesse qu'elle avait faite
à son obéissante fille. Toutefois l'embarras de cette
digne mère ne cessait pas pour cela. Après y avoir
réfléchi et beaucoup prié, après s'être entourée même

de conseils de plusieurs religieuses remarquables par leur piété, elle voyait s'accroître de plus en plus dans son âme la crainte qu'il n'y eût dans l'état de sa religieuse affaire seulement d'imagination, de tempérament, peut-être même illusion du mauvais esprit.

Quels étaient à ce sujet les propres sentiments de Marguerite? « Je faisais, dit-elle, tous mes efforts pour résister à mes attraits, croyant assurément que j'étais dans l'erreur. Mais, n'en pouvant venir à bout, je ne doutais plus que je ne fusse abandonnée, puisqu'on me disait que ce n'était pas l'esprit de Dieu qui me gouvernait, et que cependant il m'était impossible de résister à cet esprit. » Et un jour qu'accablée sous le poids de toutes ces inquiétudes, elle exhalait ses plaintes aux pieds de Notre-Seigneur, il lui sembla entendre une voix qui lui disait : « Prends patience et attends mon serviteur. » Elle ne savait ce que cela voulait dire. Mais ce mot lui mit un peu de baume dans l'âme, pensant que Dieu viendrait à son aide quand il en serait temps. »

Un religieux de la Compagnie de Jésus, recommandable par sa sainteté et son éloquence, venait, sur ces entrefaites, d'arriver à Paray depuis quelques semaines. Le P. de la Colombière, tel était son nom, fut invité à donner à la communauté de la Visitation une conférence de piété. Sœur Marguerite-Marie ne le connaissait pas, mais dès les premiers mots de l'entretien religieux elle entendit distinctement au fond de son âme une voix mystérieuse qui lui dit : « Voilà celui que je t'envoie. »

Arrivent les Quatre-Temps, ce même Père fut chargé d'entendre, par extraordinaire, les confessions des religieuses; il n'avait jamais vu sœur Marguerite-Marie, et lorsqu'elle se présenta à son confessionnal il lui parla comme s'il eût connu ce qui se passait en elle.

C'était bien l'homme choisi par Jésus-Christ lui-même pour guider la confidente de son Cœur sacré dans la route mystérieuse qui s'était ouverte devant ses pas chancelants.

Le saint religieux comprit tout de suite cette belle âme et les desseins de Dieu sur elle, et une grande consolation vint prendre la place des inquiétudes et des doutes chez l'humble confidente du divin Maître. Toutefois il lui répugnait de confier son secret même à cet homme que le Ciel lui envoyait d'une manière si visible. « Bien que je connusse, dit celle-ci, que c'était la volonté de Dieu que je lui parlasse, je ne laissai pas de sentir des répugnances effroyables lorsqu'il fallut y aller. » Mais ces répugnances ne durèrent qu'un instant. Peu à peu, gagnée par la piété et la douceur du saint religieux, excitée intérieurement par la grâce, elle lui confia tous les secrets de son cœur. L'entretien fut long. La Bienheureuse en sortit illuminée et consolée. « Il m'assura qu'il n'y avait rien à craindre en la conduite de cet Esprit, d'autant qu'il ne me retirait point de l'obéissance; que je devais suivre ses mouvements en lui abandonnant tout mon être pour me sacrifier et m'immoler selon son bon plaisir. Il admira la grande bonté de notre Dieu de ne s'être point rebuté parmi tant de résistances, et m'apprit à estimer les dons de Dieu et à recevoir avec respect et humilité les fréquentes communications et entretiens familiers dont il me gratifiait, ajoutant que je devais être dans de continuelles actions de grâces envers une si grande bonté. »

Ces grandes miséricordes devaient encore se continuer pour la fidèle religieuse de la manière la plus frappante. Pendant l'octave de la fête du saint Sacrement, le dimanche 16 juin 1675, Marguerite-Marie était à genoux devant la grille du chœur, les yeux fixés sur le tabernacle. Elle venait, a-t-elle dit elle-même, d'être comblée de grâces excessives, lorsque tout à coup Notre-Seigneur lui apparut sur l'autel. Alors lui découvrant son divin Cœur :

« Voilà, lui dit-il, ce Cœur qui a tant aimé les hommes, qu'il n'a rien épargné jusqu'à s'épuiser et se consumer pour leur témoigner son amour; et en reconnaissance je ne reçois de la plupart que des ingratitudes, par leurs irrévérences et sacrilèges, et par les froideurs et mépris qu'ils ont pour moi dans ce sacrement d'amour. Et ce qui m'est plus pénible, c'est que ce sont des cœurs qui me sont consacrés. C'est pour cela que je te demande que le premier vendredi d'après l'octave du saint Sacrement soit dédié à une fête particulière pour honorer mon Cœur, en communiant ce jour-là, et en lui faisant réparation d'honneur par une amende honorable, pour les indignités qu'il a reçues. Et je te promets que mon Cœur se dilatera pour répandre avec abondance les influences de son amour sur tous ceux qui lui rendront cet honneur, ou qui procureront qu'il lui soit rendu. »

Voilà, mon enfant, la dernière des trois grandes révélations qui regardent l'Église entière. Elle est restée la plus célèbre de toutes. Tout ce qui concerne en effet la dévotion au sacré Cœur, telle que je vous l'ai fait comprendre, s'y trouve admirablement marqué.

Quelle est la réponse de Marguerite-Marie à ces communications de son divin Époux? « Mais, Seigneur, comment ferai-je? » Notre-Seigneur lui répondit de s'adresser à ce serviteur de Dieu, le P. de la Colombière, qui lui avait été envoyé précisément pour l'accomplissement de ses desseins.

Le saint religieux reçut la confidence de cette nouvelle révélation comme il avait accueilli les deux précédentes, dans un sentiment de profonde admiration pour l'immense charité du Sauveur des hommes et de la plus entière confiance dans la mission de sa fidèle servante.

Le vendredi 21 juin 1675, lendemain de l'octave du saint Sacrement, le jour même qui venait d'être désigné par Notre-Seigneur, sa pieuse confidente et son envoyé fidèle se consacraient, sans plus tarder, au Cœur de Jésus, qui recevait ainsi dans la personne d'un saint prêtre et d'une humble vierge les prémices de ces adorations que l'humanité allait bientôt lui rendre plus solennellement et plus universellement, en exécution de ses desseins si admirablement manifestés.

## CHAPITRE XI

La Bienheureuse Marguerite-Marie dépositaire du Cœur de Jésus.

Il est des âmes, mon enfant, que le Ciel se plaît à sanctifier dans le silence et pour lui seul ; le parfum de la sainteté ne se répand pas au loin ; leurs mérites restent le secret de Dieu et de ses anges, ou de quelques privilégiés d'ici-bas. Il en est d'autres sur lesquelles la divine miséricorde a des vues plus spéciales pour la propagation de son règne et le triomphe de son amour. Ce sont des vases d'élection, comme le Saint-Esprit les nomme.

Sœur Marguerite-Marie fut un de ces vases d'élection. C'est à elle, en effet, que Notre-Seigneur daigna révéler les richesses de son Cœur adorable, c'est elle qu'il a choisie pour être auprès de la pauvre humanité la messagère de ses divins secrets. Elle s'était enfermée dans le cloître comme dans une tombe pour y fuir à jamais les regards et les pensées des hommes ; elle s'était faite aussi humble et aussi petite que possible, même dans l'intérieur de son couvent ; et la voilà chargée de la redoutable mission de faire connaître au monde entier les désirs et les promesses du Cœur de Jésus. Toutefois, pendant plusieurs années encore, le cœur si pur de Marguerite-Marie restera le vase béni qui contient, comme en cachette, le dépôt des mystères sacrés, attendant dans la paix, l'humilité, la souffrance, l'heure voulue par Dieu.

On serait porté à croire que du jour même où la sainte religieuse reçut les communications intimes du Cœur de Jésus, le divin Maître, qui ne les lui confiait que pour les faire connaître au monde, lui donnerait sans tarder tous les moyens humains pour l'accomplissement de sa mission. Non, mon enfant, Dieu n'agit point comme les hommes.

Dès ce jour, en effet, nous voyons l'humble confidente du sacré Cœur plongée plus que jamais dans des difficultés sans nombre.

Sa supérieure ne peut pas croire à la réalité de ces révélations, encore moins à celle d'une mission divine ; ses sœurs ignorent complètement encore les mystérieux entretiens ; le P. de la Colombière, son confident et son consolateur, va lui-même lui manquer au moment même où elle a si grand besoin de son paternel appui. Il vient de recevoir l'ordre de se rendre en Angleterre pour une importante mission.

La voilà donc seule en face de sa tâche effrayante.

Toutefois le bon Maître n'abandonne pas sa fidèle servante au milieu de ses angoisses, et il lui fait entendre au plus intime de son âme cette fortifiante promesse : « Est-ce que Dieu ne te suffit pas ? »

Un nouvel obstacle d'un autre genre vint cependant s'ajouter à tous ceux qui se sont déjà accumulés sous ses pas.

Le divin Crucifié semble vouloir la faire participer
de plus en plus aux différents tourments de sa passion : maux de tête effrayants, « couronne précieuse,
dit-elle, dont je me sens plus redevable à mon souverain Maître que s'il m'avait fait présent du plus beau
diadème de la terre, d'autant que personne ne peut
me l'ôter ; » soif mystérieuse dont elle a déjà beaucoup
pâti, mais qui désormais ne peut plus se calmer ;
douleur aiguë et continuelle au côté et qu'elle voit
s'accroître chaque premier vendredi du mois ; sur son
épaule comme le poids d'une croix lourde et écrasante.
Marguerite-Marie était devenue une image vivante
du Sauveur des hommes dans les différentes phases
de sa passion.

Au milieu de tant et de si grandes difficultés, que
nous allons voir grandir encore, l'humble religieuse
va éprouver que Dieu seul, suivant la promesse qui
lui en a été faite, lui suffisait pleinement pour l'accomplissement de sa mission.

A la vénérable mère de Saumaise, supérieure pendant six ans de la maison de Paray, succéda, à la
mi-juin 1678, la mère Greyfié, religieuse du couvent
d'Annecy. La première emportait avec elle le souvenir
le plus précieux de sa fille Marguerite-Marie ; elle avait
dû sans doute agir avec la plus grande réserve, la
discrétion la plus absolue en présence des mystères
qui s'étaient accomplis dans sa maison ; mais elle se
retirait avec la douce espérance que des grâces de
choix allaient descendre du ciel sur la terre, et volontiers elle laissait à d'autres le privilège d'assister à la
suite de ces merveilles et peut-être de travailler à les
divulguer. La mère Greyfié était appelée par Dieu
en effet pour étudier, approfondir, admettre et propager ces secrets divins destinés à éclairer et à sauver
le monde entier. Entre toutes les supérieures qui se

partagèrent successivement la conduite de l'humble religieuse, nulle peut-être ne lui fut plus libérale d'humiliations et de mépris, selon le dire d'une religieuse de Paray. Son but évident était d'éprouver la vertu de cette religieuse si extraordinaire et de s'assurer autant qu'il était en son pouvoir que l'imagination, le tempérament, peut-être même les ruses du démon, n'étaient pour rien dans sa mystérieuse conduite. Dieu le permettait pour montrer de la manière la plus évidente que son esprit seul opérait toutes ces merveilles.

Avec une fermeté, nous pourrions dire une rigueur qu'elle regretta plus tard, la nouvelle supérieure, dans un motif excellent sans doute, exigeait de Marguerite-Marie l'obéissance la plus absolue, même au milieu de ses plus grandes souffrances. « Allez, lui dit-elle, un jour que la religieuse souffrait davantage et qu'elle demandait à se reposer avant de commencer une retraite, je vous remets aux mains de Notre-Seigneur, qu'il vous dirige, vous gouverne et vous guérisse à sa volonté. » Sœur Marguerite-Marie obéit sur-le-champ, et Notre-Seigneur ne tarda pas à récompenser sa grande générosité ; il se présente à elle dans la petite cellule où elle s'est enfermée et lui dit avec un aimable sourire : « Te voilà tout à moi et à mes soins ; c'est pourquoi je te veux rendre en santé à celle qui t'a remise entre mes mains. »

En effet, après huit jours passés dans d'ineffables délices, Marguerite-Marie sortit de retraite dans un tel état de santé que la mère supérieure en fut dans l'admiration.

Toutefois cette digne mère, sentant le poids de sa lourde responsabilité, voulut, dans le désir d'approfondir davantage les desseins de Dieu, contraindre pour ainsi dire le Ciel lui-même à se déclarer plus ouvertement encore par un miracle éclatant. Marguerite-Marie était retombée de bonne heure dans son état de souffrances. « Un jour, dit la mère Greyfié, que la vertueuse sœur relevait d'une grande maladie, pour laquelle elle n'avait point encore quitté le lit, je ne sais si ce fut un samedi ou la veille de quelque fête, je la fus voir. Elle me demanda permission de se lever le lendemain pour aller à la sainte messe. Je m'arrêtai un peu sur cette demande ; elle comprit bien que je ne la croyais pas encore assez forte pour la lui accorder. Sur quoi, répondant à mon sentiment, elle me dit de bonne grâce : « Ma bonne mère, si vous le vou« lez bien, Notre-Seigneur le voudra aussi et m'en « donnera la force. » Alors je donnai ordre à la sœur infirmière de lui faire prendre de la nourriture le matin et de la faire lever environ l'office pour la mener à la sainte messe. »

La sœur infirmière, sollicitée par la chère malade, qui se trouvait mieux dans la soirée de ce même jour, de lui permettre de faire le lendemain la communion, y consentit en lui promettant d'obtenir l'agrément de la supérieure. Le lendemain donc elle fait lever la malade de grand matin et à jeun, puis, se rappelant soudain qu'elle a oublié de demander la permission, elle sortit de l'infirmerie à la recherche de la supérieure. « Dieu permit, continue la mère Greyfié, que tandis qu'elle allait d'un côté, j'entrai de l'autre à l'infirmerie. A peine je vis la pauvre malade levée et appris qu'elle était à jeun dans l'intention de pouvoir communier, que sans m'informer de plus de raisons je lui fis une verte correction, lui exagérant les défauts de sa conduite, que je disais être effet de sa propre volonté, manque d'obéissance, de soumission et de simplicité. En conclusion je dis qu'elle irait à la messe et y communierait, mais que puisque sa propre vo-

lonté lui avait donné assez de force et de courage pour
cela, je voulais commander à mon tour; qu'elle n'avait
qu'à reporter ses draps de lit à sa cellule et son cou-
vert au réfectoire, et s'en aller à l'office quand il son-
nerait, et suivre en tout les exercices de communauté,
cinq mois de suite, sans revenir à l'infirmerie. Elle
reçut ma correction à genoux, les mains jointes, avec
un visage doux et tranquille ; et, après avoir ouï mes
ordres, elle me demanda humblement pardon et pénitence de sa faute, et aussitôt elle commença d'accomplir à la lettre ce que j'avais dit. »

Quand l'humble Marguerite-Marie fut partie, réflé-
chissant à l'ordre qu'elle venait de lui donner et dont
l'exécution lui parut alors impossible, la supérieure
se dit, sous une inspiration céleste, que c'était bien le
moment favorable pour demander à Dieu un miracle
qui vînt lever ses derniers doutes. Elle monte donc à
sa cellule et écrit le billet suivant, qu'elle fit remettre
à la sœur malade déjà agenouillée au chœur pour
entendre la sainte messe.

Vive † Jésus.

« Je soussignée, en vertu de l'autorité que Dieu
m'a donnée en qualité de supérieure de ma sœur
Marguerite-Marie, lui commande, en vertu de la sainte
obéissance, de demander la santé à Notre-Seigneur
avec tant de ferveur et d'instance qu'elle fléchisse sa
bonté à la lui accorder, pour n'être pas toujours à la
charge de la sainte religion, et pour y pouvoir pratiquer assidûment tous les exercices de la communauté,
et ce jusqu'à la Présentation de Notre-Dame de cette
année 1680, auquel jour nous verrons ce que nous
aurons à faire pour l'avenir.

« Sœur Péronne-Rosalie GREYFIÉ, supérieure. »

On voit que la mère Greyfié n'y allait pas mollement. Du reste il fut prouvé une fois de plus que
dans les grandes occasions Dieu aime ces hardiesses
de la foi. Le miracle demandé par la Bienheureuse
fut instantané et éclatant, ou plutôt il y en eut deux.
D'abord la guérison subite, extraordinaire, suivie
d'une santé parfaite ; puis, au bout des cinq mois, le
jour de la Présentation, une rechute, si subite, si
lamentable, dans un état de souffrance si extraordinaire que l'intervention de Dieu fut évidente. La communauté tout entière fut témoin des deux prodiges.
Une foule de sœurs en ont déposé au procès de canonisation, et toutes ont déclaré qu'elles ne savaient
qu'admirer davantage, ou de la rapidité de la guérison ou de la précision de la rechute.

Quant au second miracle il nous est attesté en ces
termes par les *Contemporaines :* « Nous admirâmes
toutes un miracle si visible, puisque à la même heure
que les cinq mois furent expirés, elle tomba tout à
coup aussi malade qu'elle l'avait été [1]. »

Tandis que la vertu de sœur Marguerite-Marie grandissait ainsi au milieu des épreuves, son saint directeur, le P. de la Colombière, se transfigurait dans
le martyre. Après avoir passé quatre ans en Angleterre dans ses fonctions d'aumônier de la duchesse
d'York, puis de confesseur de l'héritier présomptif de
la couronne, y vivant comme un religieux admirable
d'esprit de foi, de pauvreté, de zèle pour la gloire de
Dieu et le salut des âmes, il se vit enveloppé tout à
coup, en même temps que les catholiques anglais,
surtout ceux qui habitaient le palais ducal, dans une
vaste accusation de complot contre la sécurité de
l'Etat. Le catholicisme seul du duc d'York était évi-

---

[1] Mᵍʳ Bougaud citant les *Contemporaines.*

demment en cause. On ne voulait pas de prince catholique sur le trône. Le P. de la Colombière fut arrêté un des premiers, puis jeté dans une prison où il languit pendant un mois, demandant des juges, résigné à la mort. On le tire alors du cachot et on le fait assister au supplice de quatre jésuites anglais, ses frères et amis. Pour lui, sa qualité de Français l'arracha à la mort, et un vaisseau vint déposer le banni sur les rives de France. Les souffrances physiques et morales qu'il endura dans ces affreuses semaines avaient ruiné sa santé bien chancelante déjà. Ses supérieurs désignèrent pour séjour au pauvre religieux une de leurs maisons de Lyon. Sur son chemin l'exilé trouva Dijon, où résidait la mère de Saumaise. Le souvenir des merveilles de Paray ne l'avait jamais quitté, et il fut tout heureux d'entendre parler de sœur Marguerite-Marie par son ancienne supérieure. De Dijon il se rendit à Paray, afin de jeter sur les voies mystérieuses de la confidente du Cœur de Jésus les dernières lumières. C'est bien la Providence elle-même qui l'amenait à cette heure comme un ange de bon conseil. Admirablement accueilli par la ville tout entière, qui ne reconnaissait plus en ce pauvre martyr, devenu vieillard en quelques années, son brillant orateur d'autrefois, il fut surtout le bienvenu au monastère de la Visitation, qu'il avait tant édifié par sa parole d'apôtre.

Ce fut une grande consolation pour sœur Marguerite-Marie de revoir celui qui lui avait servi de guide et qu'elle avait fait le confident de ses mystérieux secrets. « Je n'ai pu voir qu'une fois, écrivit-il lui-même, la sœur Marguerite-Marie; mais j'ai bien eu de la consolation en cette visite; je la trouve toujours extrêmement humble et soumise, dans un grand amour de la croix et du mépris. Voilà des marques de l'esprit qui la conduit, lesquelles n'ont jamais trompé personne. »

Cependant le P. de la Colombière s'affaiblissait de jour en jour ; il n'avait plus qu'un souffle de vie et il l'employait encore avec un zèle admirable à procurer la gloire de Dieu et le salut des âmes. Avec l'autorisation de ses supérieurs il passa les derniers mois de sa sainte vie à préparer la fondation de l'hôpital qui existe encore, à répandre autour de lui, avec une extrême réserve, il est vrai, toutes les pratiques que Notre-Seigneur a inspirées à Marguerite-Marie : l'heure sainte, la communion du premier vendredi du mois, la sanctification du lendemain de l'octave du saint Sacrement. Il avait appris, disait-il, *d'une très sainte âme,* que le Ciel accorderait des grâces spéciales à ceux qui seraient fidèles à ces pratiques. Il venait de temps en temps dire la messe à la Visitation sur cet autel, dont presque seul il savait l'extraordinaire sainteté, et toucher en secret de ses lèvres cette pierre sacrée où avaient reposé les pieds du Sauveur. Plus rarement encore, et très discrètement, il venait au parloir remonter son âme auprès de la sainte religieuse et s'y exciter à un plus grand amour de Dieu. Les médecins, ne trouvant point de remède à son mal, lui conseillèrent de retourner dans son pays natal ; les supérieurs donnèrent leur consentement et le père se disposa à partir. Sœur Marguerite-Marie, avertie de cette décision, lui fit savoir qu'elle le suppliait de ne pas quitter Paray, s'il pouvait y demeurer encore sans manquer à la sainte obéissance. Le pieux missionnaire désira savoir quels étaient les motifs de cette proposition et le fit demander à la servante de Dieu.

Celle-ci, avec la permission de sa supérieure, écrivit de sa main, pour réponse, ces seuls mots sur un billet : « Il m'a dit qu'il veut le sacrifice de votre vie ici. » Le P. de la Colombière comprit ce que ces mots prophétiques signifiaient ; seulement il crut devoir à l'obéissance de préparer son départ. Mais la veille du jour auquel il était fixé la fièvre le saisit, et en moins d'une semaine il fut emporté et mourut saintement le 15 février 1682. Quand il se vit malade, il remit le billet qu'il avait reçu de sœur Marguerite-Marie au supérieur de la maison de Paray, et ce fut par là qu'on connut la prédiction faite si clairement par la servante de Dieu et son accomplissement.

L'humble sœur fit tous ses efforts pour obtenir que ce billet lui fût rendu ; mais le supérieur des Jésuites, qui en connaissait le prix, répondit qu'il sacrifierait plutôt toutes les archives de la maison que ce billet prophétique. Dès que le P. de la Colombière eut rendu sa belle âme à Dieu, — c'était environ vers les sept heures du matin, — une pieuse personne de la ville vint annoncer cette mort à sœur Marguerite-Marie. La sainte religieuse, sans s'émouvoir et sans se répandre en regrets, dit simplement à cette personne : « Allez prier Dieu pour lui, et faites en sorte que partout on prie pour le repos de son âme. » Ce même jour elle écrivit à la même personne un billet en ces termes : « Cessez de vous affliger, invoquez-le. Ne craignez rien. Il est plus puissant pour vous secourir que jamais [1]. »

Dans ce même temps Marguerite-Marie reçut du divin Maître des grâces extraordinaires à plusieurs reprises. Notre-Seigneur lui fit voir un jour toute la peine qu'il éprouvait à la pensée d'un grand nombre d'âmes privilégiées qui font un abus lamentable de ses faveurs, se contentant de couper les mauvaises herbes dans leur cœur sans jamais vouloir en arracher la racine, puis il invitait sa fidèle confidente à plaider la cause de ces âmes trop peu généreuses à son service.

[1] Mgr Languet, édition de M. Gauthey.

De tout temps Marguerite-Marie avait eu la plus compatissante des charités pour les âmes du purgatoire. Aussi ces pauvres âmes recouraient-elles fréquemment à ses mérites et à ses prières, Notre-Seigneur l'ayant prévenue qu'il le voulait ainsi. Alors il n'était pas rare pour la servante de Dieu de se sentir environnée de quelques-unes de « ces bonnes amies souffrantes », pour le soulagement desquelles ses propres souffrances redoublaient avec une intensité entretenue évidemment par la Providence elle-même. Bien des secrets de l'autre vie furent révélés à Marguerite-Marie par les prisonnières de la divine justice.

Le temps de la supériorité de la mère Greyfié touchait à sa fin. Cette digne religieuse, qui avait apporté dans sa conduite vis-à-vis de Marguerite-Marie une si grande réserve, une sévérité si extraordinaire, avait fini par comprendre les desseins de Dieu sur sa sainte fille. Outre les faits merveilleux dont elle avait été elle-même témoin en maintes circonstances, les conseils du P. de la Colombière l'avaient complètement rassurée sur cette religieuse. « Je n'hésite pas à croire, lui avait dit le saint homme, que ce qui se passe en cette chère sœur, ne vienne de Dieu. Il n'y a nulle apparence qu'il y ait là illusion ; car il se trouverait que le démon, en la voulant tromper, se tromperait lui-même : l'humilité, la simplicité, l'exacte obéissance et la mortification n'étant point les fruits de l'esprit des ténèbres. » Une circonstance remarquable va nous donner une preuve éclatante de ce changement d'idées et de sentiments dans la mère supérieure. Marguerite-Marie, prévenue par tant de faveurs ineffables, sentait croître de plus en plus dans son âme le désir de se donner plus entièrement encore à Dieu. Elle eut alors l'inspiration d'écrire une sorte de testament dans lequel elle déclarait faire abandon à Notre-Seigneur,

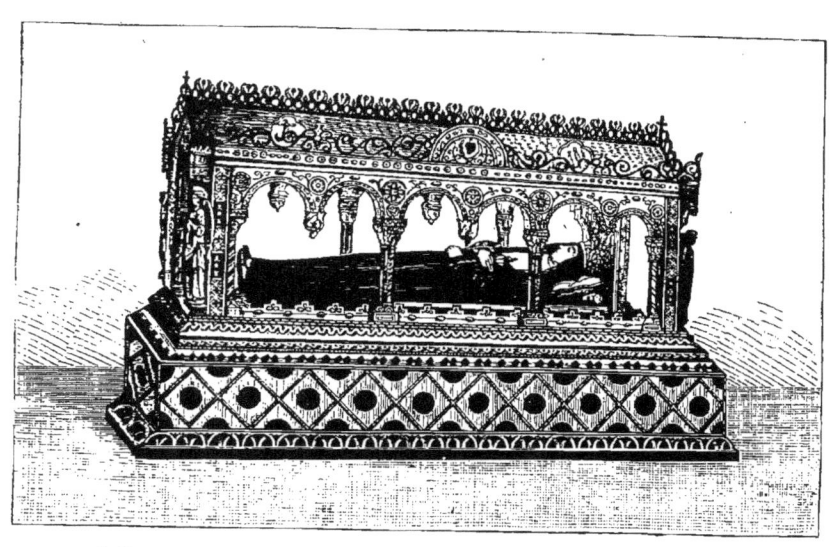

Reliquaire renfermant les restes de la Bienheureuse Marguerite-Marie. (P. 24.)

non seulement de ses prières, de ses souffrances et de ses mérites, mais encore des prières et saints sacrifices que l'on offrirait pour elle après sa mort. La mère supérieure approuva volontiers cet acte généreux ; elle consentit même à le signer de cette humble formule qui nous dit toute son estime pour sa sainte fille :

« Sœur Péronne-Rosalie-Greyfié, à présent supérieure, et de laquelle ma sœur Marie-Marguerite demandera tous les jours la conversion avec la grâce de la pénitence finale. »

Puis, d'une goutte de son sang virginal qu'elle fit couler en gravant sur son cœur avec un canif le nom de Jésus, comme le fit autrefois sainte Jeanne de Chantal, l'héroïque Marguerite-Marie écrivit au bas de cet acte solennel :

« Sœur MARGUERITE-MARIE,
« Disciple du divin Cœur de l'adorable Jésus. »

« Mon divin Maître, écrit-elle, me témoigna un grand contentement de cette donation ; il me dit que puisque son amour m'avait dépouillée de tout, il ne voulait pas que j'eusse d'autres richesses que celles de son sacré Cœur. « Je te constitue, me dit-il, l'héri-
« tière de mon Cœur et de tous ses trésors. Je te pro-
« mets que tu ne manqueras de secours que quand je
« manquerai de puissance. Tu en seras pour toujours
« la disciple bien-aimée. »

Dès lors le jour était arrivé où la dévotion au Cœur sacré de Jésus allait enfin sortir de l'ombre mystérieuse qui l'enveloppait. Marguerite-Marie va devenir la messagère des secrets divins dont elle a été l'humble confidente et la dépositaire fidèle.

## CHAPITRE XII

La Bienheureuse Marguerite-Marie, messagère de la dévotion
au sacré Cœur.

Dieu, qui conduit tous les hommes et toutes choses
avec force et douceur, avait dans ces dernières
années préparé plus immédiatement lui-même la
confidente de ses secrets divins à sa grande mission.
Le vase d'élection était dès lors enrichi de l'or le plus
pur et des pierreries les plus précieuses; il suffit qu'il
s'entr'ouvre et de premières étincelles vont s'en échapper pour allumer et propager le feu divin de la charité
du Cœur de Jésus.

A la vénérable mère Greyfié, que nous avons vue
à l'œuvre dans ces dernières années, succéda alors
une sainte religieuse, Sœur Marie-Christine Melin,
choisie dans la maison même de Paray, où elle avait
déjà passé trente-quatre années de la vie la plus édifiante. Cette digne mère s'était toujours montrée
pleine d'estime et d'affection pour Marguerite-Marie.
Un des premiers actes de sa supériorité fut de lui confier la direction du noviciat, cédant moins encore à
son attrait personnel qu'aux sollicitations pressantes
qui lui arrivèrent de toutes parts. C'est dans ce petit
cénacle des fiancées de Notre-Seigneur que va s'échapper la première étincelle du feu sacré renfermé au
fond du cœur de la confidente du divin Maître. Les
novices confiées aux soins de la nouvelle maîtresse ne
formaient qu'un tout petit troupeau, mais il était
animé des sentiments de la plus admirable ferveur.
On a pu dire d'elles, sans en excepter une seule,

qu'elles étaient toutes alors dignes d'avoir une sainte pour guide. Les vieux mémoires du monastère nous apprennent la manière dont sœur Marguerite-Marie s'y prit pour allumer ce feu sacré dans ces cœurs si bien disposés. Elle mettait son bonheur à leur parler de l'amour divin, et à chaque instant un cri lui échappait dans l'explication des règles de la vie religieuse. « Oh ! si vous saviez combien il est doux d'aimer Dieu !... Qu'y a-t-il qu'on ne souffrît de bon cœur pour l'amour du prochain ! » — « Elle revenait si souvent là-dessus, dit une de ses filles, que nous la comparions au disciple bien-aimé, saint Jean l'Évangéliste. » Le plus ordinairement elle leur parlait du sacré Cœur de Jésus, de sa beauté, des trésors qu'il renferme, des grâces dont il inondera ceux qui sauront le comprendre, l'adorer et l'aimer.

Notre-Seigneur, il est vrai, l'encourageait de plus en plus dans sa mission par de nouvelles et ineffables grâces. « Une fois, dit-elle, ce divin Cœur me fut représenté comme sur un trône de feu et de flammes, rayonnant de tous côtés, plus brillant que le soleil et transparent comme le cristal. La plaie qu'il reçut sur la croix y paraissait visiblement ; il y avait une couronne d'épines autour de ce divin Cœur et une croix au-dessus. »

« Notre-Seigneur, ajoute-t-elle, m'assura qu'il prenait un singulier plaisir d'être honoré sous la figure de ce Cœur de chair, dont il voulait que l'image fût exposée au public, afin de toucher le cœur insensible des hommes, me promettant qu'il répandrait avec abondance sur tous ceux qui l'honoreront tous les trésors de grâce dont il est rempli. Partout où cette image sera exposée elle y attirera toutes sortes de bénédictions. »

« Un autre jour, écrit-elle encore, le cœur adorable

de mon Jésus me fut présenté plus brillant qu'un soleil. Il était au milieu des flammes de son pur amour, environné de séraphins, qui m'invitèrent à m'unir à eux pour louer cet aimable Cœur; mais je n'osais le faire. Ils me dirent qu'ils étaient venus pour s'associer avec moi afin de lui rendre un continuel hommage d'amour, d'adoration et de louanges. Ils écrivirent en même temps cette association dans le sacré Cœur en lettres d'or et du caractère ineffaçable de l'amour. Cette grâce dura environ deux à trois heures, et j'en ai ressenti toute ma vie les effets, tant par les secours que j'en ai reçus que par les suavités qu'elle m'a fait goûter et qu'elle produit toujours en moi. Je restai tout abîmée de confusion. Je ne nommais plus les anges, en les priant, que mes divins associés. »

De quelle manière cette âme privilégiée répondait-elle à ces avances du Cœur de Jésus? Elle passait des nuits entières en contemplation, et quand on la laissait à sept heures du soir, à genoux, au pied du tabernacle, on la retrouvait le lendemain matin à la même place, immobile, extasiée.

« Si j'ai un corps à ce moment, répondit-elle un jour à une de ses sœurs qui lui demandait ce qu'elle pouvait bien faire pendant des heures si longues devant le saint Sacrement, si j'ai un corps à ce moment ou si je n'en ai pas, j'aurais peine à le dire. » Une autre fois elle se promenait avec une religieuse dans le jardin, et passait près du petit bouquet de noisetiers : « Voilà, lui dit-elle, un endroit de grâces pour moi. C'est ici que Dieu m'a fait connaître le bonheur qu'il y a de souffrir, par la connaissance qu'il m'a donnée de sa passion. »

Cependant elle n'a rien révélé encore de ses mystérieux entretiens avec Notre-Seigneur. Son secret lui pèse, on le voit, mais elle le garde ; elle craint d'en parler, elle veut et ne veut pas. C'est dans cette belle âme la lutte entre le zèle qui la consume et l'humilité. Elle garde donc le silence, mais c'est le silence d'une âme qui prie et c'est sur les aïles de la prière que son secret va lui échapper.

Une de ses filles, avant de commencer une retraite, vint lui demander un sujet d'oraison pour ces jours précieux. Marguerite-Marie lui remit un de ses livres pour l'aider dans ses méditations. Or, dans ce livre, elle avait laissé par mégarde, ou plutôt par une permission divine, un billet écrit de sa main ; il y était dit : « Notre-Seigneur m'a fait connaître ce soir à l'oraison qu'il voulait être connu, aimé et adoré des hommes ; que pour cela il leur communiquerait beaucoup de grâces lorsqu'ils se seraient consacrés à la dévotion et à l'amour de son sacré Cœur. »

Ce billet fut pour la jeune novice et pour ses pieuses compagnes une première révélation.

Le Ciel permit que peu de temps après une autre circonstance imprévue vînt ouvrir plus grands encore les yeux de la communauté tout entière sur ces ineffables mystères.

Le P. de la Colombière, vous vous le rappelez, mon enfant, était mort depuis deux ans en odeur de sainteté. Les Pères de la Compagnie de Jésus recueillirent précieusement quelques notes que ce saint religieux avait écrites dans une de ses retraites. Elles étaient si édifiantes, que dans la pensée de faire du bien aux âmes, ils les livrèrent à la publicité sous ce titre : *Retraite spirituelle du R. P. de la Colombière*. Le couvent de la Visitation de Paray reçut un des premiers exemplaires. On en fit, sans plus tarder, la lecture au réfectoire, à la grande édification de toutes les sœurs. Déjà on allait achever ce petit volume lorsque la sœur chargée de la lecture arriva à un passage bien inattendu. « J'ai reconnu, disait le vénéré Père, que Dieu voulait que je le servisse en procurant l'accomplissement de ses désirs touchant la dévotion qu'il a suggérée à une personne à qui il se communique fort confidemment, et pour laquelle il a bien voulu se servir de ma faiblesse ; je l'ai déjà inspirée à bien des gens en Angleterre, et j'ai écrit en France sur cette dévotion, et prié un de mes amis de la faire valoir ; elle y sera fort utile, et le grand nombre d'âmes choisies qu'il y a dans cette communauté me fait croire que la pratique dans cette sainte maison en sera fort agréable à Dieu. Que ne puis-je, mon Dieu, être partout, et publier ce que vous attendez de vos serviteurs et amis ?

« Dieu donc s'étant ouvert à la personne qu'on a sujet de croire être selon son Cœur par les grandes grâces qu'il lui a faites, elle s'en expliqua à moi, et je l'obligeai de mettre par écrit ce qu'elle m'avait dit. J'ai bien voulu l'écrire moi-même dans le journal de mes retraites, parce que le bon Dieu veut, dans l'exécution de ce dessein, se servir de mes faibles soins. » Puis le bon religieux résumait en quelques lignes les grandes révélations que nous connaissons déjà.

La sœur lectrice a dit elle-même dans sa déposition à ce sujet : « Quand je fus arrivée à ce qui concerne la révélation du sacré Cœur, je regardai la vénérable sœur ; elle baissait les yeux et était dans un profond anéantissement. La communauté ressentit une grande émotion, car elle comprit alors que c'était ladite servante de Dieu qui avait fait ces prédictions. Au sortir du réfectoire, continue cette même religieuse, j'aborde résolument notre chère maîtresse : « Ma mère, vous avez bien eu votre compte aujourd'hui à la lecture ? » Sœur Marguerite-Marie baissa la tête et répondit qu'elle avait bien lieu d'en aimer son abjection. »

Vous comprenez, mon enfant, combien dès ce jour s'accrut dans l'esprit des novices la vénération pour leur sainte maîtresse. Chez elles désormais plus aucun doute sur ces entretiens avec Notre-Seigneur. Par ailleurs sœur Marguerite-Marie, considérant, malgré sa grande humilité, que la révélation faite par le P. de la Colombière était comme une indication des desseins de Dieu, mit moins de réserve dans ses paroles à ce sujet; elle se hasarda même à attacher à l'autel de la chapelle du noviciat une petite image du sacré Cœur faite à la plume. L'original est à la Visitation de Turin, qui la conserve comme une précieuse relique. On lit au bas de l'encadrement : « Cette image est la première qui a été vénérée sous le titre du sacré Cœur de Jésus dans le noviciat du monastère de Paray. » On ignore si cette image est de la main de la Bienheureuse ou d'une de ses filles.

La flamme qui brûlait le cœur de la mère gagnait de plus en plus ces jeunes âmes, prémices d'un peuple nouveau.

La fête de leur bien-aimée maîtresse approchait (20 juillet 1685), les jeunes novices commençaient avec joie les préparatifs de cette journée, qu'elles voulaient belle et glorieuse pour leur chère mère. Celle-ci s'en aperçut et leur demanda en grâce de lui faire le grand plaisir de tourner vers le Cœur de Jésus tous les hommages qu'elles avaient dessein de lui rendre à elle-même. Un élan plein de la plus naïve et tendre piété répondit à cet appel. Sous l'escalier qui conduit à la tour se trouvait un petit réduit qui fut transformé en oratoire. Une novice assez habile à manier le pinceau orna en quelques jours les murs de ce petit sanctuaire improvisé de fleurs, d'étoiles, et surtout de cœurs enflammés. On y dressa un autel, sur lequel fut placée, au pied d'un grand crucifix, la petite image du sacré Cœur de la chapelle du noviciat. Le jour de la fête de sœur Marguerite-Marie se passa pour l'heureuse maîtresse et ses chères filles en louanges, bénédictions et consécration au sacré Cœur de Jésus.

Encore une année d'hésitations chez le plus grand nombre des sœurs, d'opposition de la part de quelques-unes, et la communauté tout entière viendra se prosterner devant ce divin Cœur. La sainteté de la vénérable confidente des divins secrets avait fini, en effet, par triompher des obstacles qu'elle éprouvait depuis si longtemps dans son monastère. L'opposition était complètement vaincue.

Cette seconde victoire du sacré Cœur s'opéra le 21 juin 1686, vendredi après l'octave de la fête du saint Sacrement. L'enthousiasme fut si prompt et universel dans tous les esprits et tous les cœurs, que le jour même on décida l'érection d'une chapelle au sacré Cœur à l'une des extrémités de l'enclos du monastère. En attendant que ce cher sanctuaire pût être élevé à la gloire de ce cœur adorable, un petit oratoire lui fut dédié proche du noviciat.

Cette année 1686, année consolante entre toutes pour Marguerite-Marie, ne se termina point sans voir se resserrer encore la chaîne qui liait déjà cette âme élue au Cœur de son souverain Maître. Le 31 octobre, la Bienheureuse faisait vœu du *plus parfait,* en vue de se consacrer et immoler plus étroitement et absolument au Cœur de Jésus. Quelques jours auparavant, Notre-Seigneur lui avait de son côté témoigné toute la sollicitude de son amour pour elle, en lui donnant comme guide et conducteur spécial le séraphique saint François d'Assise, si savant dans la science de l'amour crucifié. Il était réservé à ce grand saint d'aider Marguerite à reproduire en elle les derniers traits qui devaient achever sa ressemblance avec le Dieu du Calvaire. A dater de cette époque, Marguerite-Marie recueillait chaque jour dans l'allégresse et la reconnaissance ce qu'elle avait semé dans les épreuves et la douleur.

Une grâce insigne devait encore la réjouir vers le milieu de l'année 1688. Le jour de la Visitation, le sacré Cœur lui apparut, ainsi que la sainte Vierge, saint François de Sales et le vénérable P. de la Colombière. Et dans cette vision célèbre la Mère des miséricordes lui révéla les desseins de prédilection du Cœur de Jésus sur l'ordre de la Visitation, qu'il aimait « comme son cher Benjamin », de même que sur là sainte Compagnie de Jésus, enrôlée déjà sous la bannière du sacré Cœur et prête à propager partout son culte.

Ce fut le 7 septembre 1688 qu'eut lieu la bénédiction solennelle de la chapelle projetée dès 1686. La Bienheureuse y assista dans toute la joie de son âme, mais il est vrai de dire qu'elle y fut présente plutôt du ciel que de la terre, car pendant que s'accomplissait la pieuse cérémonie elle eut une extase qui se prolongea environ trois heures.

Le nouveau sanctuaire devint un lieu de constant pèlerinage pour la communauté, qui aimait à s'y rendre en procession les premiers vendredis de chaque mois, chantant les litanies du sacré Cœur et renouvelant toutes les fois un acte d'amende honorable et de consécration. Il n'est pas jusqu'à des personnes du monde qui, attirées vers cette modeste chapelle, mais ne pouvant y pénétrer à cause de la clôture, se mettaient à genoux à l'extérieur des murailles, poussées par un double sentiment de révérence et de confiance.

Il faut lire les *lettres* de la Bienheureuse pour

suivre la trace des peines sans nombre qu'elle s'était
données afin de procurer que des images du sacré
Cœur fissent connaître partout cette salutaire dévotion. Pour l'aider dans cette entreprise, son recours
plus ordinaire était à la mère de Saumaise, alors à
Dijon, toujours heureuse de seconder le zèle de son
ancienne fille. La mère Greyfié, alors supérieure à
Semur, ne l'était pas moins.

Cette bonne mère avait envoyé à Marguerite-Marie,
au commencement de 1686, une assez fine peinture
représentant le Cœur de Jésus et dont la possession
valait un trésor pour la servante de Dieu. C'est d'après
cette miniature (perdue, hélas! depuis la révolution)
que la mère de Saumaise fit exécuter un grand tableau
pour la chapelle du jardin de Paray.

Quand la Bienheureuse le vit, elle ne put contenir
le doux transport de sa joie, ni se lasser de le regarder, tant elle le trouvait beau.

Lorsque Marguerite apprenait que le sacré Cœur se
suscitait à lui-même de nouveaux serviteurs et de
nouveaux amis dans la personne de prêtres zélés ou
de simples fidèles, elle donnait à ce Cœur divin mille
et mille bénédictions. Le règne du sacré Cœur avait
certainement commencé sur la terre. Pour la Bienheureuse, c'était le ciel anticipé. Aussi son refrain le
plus cher était-il composé de paroles telles que
celles-ci : « Ce me serait un doux plaisir d'être
annéantie pour le faire régner [1]. »

En peu de temps le couvent de Paray servit de
modèle à la plupart des monastères de la Visitation
dans la France entière.

Sœur Marguerite-Marie voyait ainsi se réaliser les

---

[1] *Vie de la Bienheureuse*, par une Visitandine de Paray, édition du deuxième centenaire.

promesses que lui avait faites, dans une heure pénible et difficile, Notre-Seigneur lui-même. Elle n'était plus seule désormais pour propager cette dévotion au Cœur sacré de Jésus. C'était à qui, parmi les religieuses surtout de l'ordre entier de la Visitation, rivaliserait de zèle pour faire connaître les révélations de l'humble chapelle de Paray-le-Monial. Images de toute sorte, petits livres, offices, sortirent comme par enchantement de ces saintes retraites pour répandre dans le monde ces mystérieuses confidences. Les âmes chrétiennes accueillirent avec un saint enthousiasme cette dévotion touchante, et on se mit sans plus tarder à ériger de tous côtés, avec l'approbation des évêques, des statues, des autels, des petits oratoires en l'honneur de ce Cœur sacré. Son culte public et universel n'était pas encore, il est vrai, inauguré par l'Église, mais il était déjà vivement désiré, dans la France entière et dans une partie de l'univers catholique, par les vrais amis de Notre-Seigneur.

## CHAPITRE XIII

La Bienheureuse Marguerite-Marie. — Les dernières révélations et sa sainte mort.

Sœur Marguerite-Marie n'avait plus que quelques mois à vivre. On pouvait croire sa mission terminée, mais le Christ, qui aime les Francs, voulait encore, mon enfant, dans de grands desseins de miséricorde sur notre chère patrie, confier à sa fidèle servante des secrets divins que je vais vous raconter.

L'humble religieuse ignorait complètement les misères morales dont la France souffrait et se mourait. Elle ne voyait qu'une seule chose dans son amour ineffable pour Dieu : l'oubli plein d'ingratitude et de trahison d'un trop grand nombre d'hommes, surtout parmi les plus élevés en dignité, pour le roi du ciel et de la terre.

Laissons-la nous redire elle-même les communications mystérieuses qu'elle reçut alors et qui sont comme le dernier mot de tout ce grand drame des manifestations du Cœur de Jésus. Le 23 février 1689, Marguerite-Marie écrit à la mère de Saumaise pour la remercier de tout ce qu'elle a fait dans le but de promouvoir le culte du sacré Cœur : « Ah ! lui dit-elle, que de bonheur pour vous et pour ceux qui y contribuent ! car ils s'attirent par là l'amitié et les bénédictions éternelles de cet aimable Cœur, et un puissant protecteur pour notre patrie. Il n'en fallait pas un moins puissant pour détourner la sévérité de la juste colère de Dieu pour tant de crimes qui se commettent. Mais j'espère que ce divin Cœur s'y rendra une source inépuisable de miséricorde. Il ne veut établir son règne parmi nous que pour nous accorder plus abondamment ses précieuses grâces de sanctification et de salut. Une chose qui me console fort, c'est que j'espère qu'en échange des amertumes que ce divin Cœur a souffertes dans les palais des grands pendant les ignominies de sa passion, cette dévotion s'y fera recevoir avec magnificence, avec le temps. Poursuivez donc courageusement ce que vous avez entrepris pour sa gloire dans l'établissement de ce règne. Le sacré Cœur régnera malgré Satan et tous ceux qu'il suscite à s'y opposer. Mais c'est maintenant le temps d'opérer et de souffrir en silence, comme il a fait pour notre amour. »

Le 17 juin 1689, jour désigné pour la fête du sacré

Cœur, Marguerite-Marie écrivit de nouveau à la même religieuse : « Enfin, ma bonne Mère, ne sommes-nous pas toutes consumées des ardeurs de ce divin Cœur, après tant de grâces reçues, qui sont comme autant de flammes ardentes de son pur amour. Il régnera, cet aimable Cœur, malgré Satan et ses suppôts ! Ce mot me transporte de joie. Mais de vous pouvoir exprimer les grandes grâces et bénédictions que cela attirera sur ceux qui lui procureront le plus d'honneur et de gloire, c'est ce que je peux dire en la manière qu'il me l'a fait comprendre. Mais, continua-t-elle, il ne veut pas s'arrêter là. Il a encore de plus grands desseins, qui ne peuvent être exécutés que par sa toute-puissance, qui peut tout ce qu'elle veut. Il désire donc, ce me semble, entrer avec pompe et magnificence dans la maison des princes et des rois, pour y être honoré autant qu'il y a été outragé, méprisé et humilié en sa passion, et qu'il reçoive autant de plaisir de voir les grands de la terre abaissés et humiliés devant lui, comme il a senti d'amertume de se voir anéanti à leurs pieds. Et voici, continue-t-elle, les paroles que j'entendis sur ce sujet : « Fais savoir au fils aîné de mon « sacré Cœur, — parlant de notre roi, — que, comme « sa naissance temporelle a été obtenue par la dévo-« tion aux mérites de ma sainte enfance, de même il « obtiendra sa naissance de grâce et de gloire éternelle « par la consécration qu'il fera de lui-même à mon « Cœur adorable, qui veut triompher du sien, et, par « son entremise, de celui des grands de la terre. Il « veut régner dans son palais, être peint dans ses « étendards et gravé dans ses armes, pour les rendre « victorieuses de tous ses ennemis. »

Ainsi voilà Notre-Seigneur lui-même qui, après avoir choisi pour théâtre de ses merveilleuses communications à l'Église entière la terre de France, un ordre français, daigne se servir encore d'une humble religieuse française, pour promettre à notre patrie qu'il sera son puissant protecteur et le guide de ses rois, pourvu que ses divines demandes soient accueillies et réalisées. Marguerite-Marie épuisa tous les moyens humains pour faire parvenir le message jusqu'à Louis XIV. Hélas! mon enfant, ces tendres et magnifiques avances, faites par Notre-Seigneur lui-même, n'ont point été entendues. L'ami fidèle a été méconnu, le médecin s'est vu rejeté, et notre infortunée patrie, loin de se relever, s'est enfoncée de plus en plus dans l'abîme d'impiété et d'immoralité d'où notre Sauveur voulait la retirer dans son ineffable miséricorde. Encore un siècle, et dans une course entrecoupée de bien des chutes, on arrive à cette date fameuse, 1789, puis bientôt aux jours sinistres de la Terreur.

Sœur Marguerite-Marie avait achevé sa mission ; il ne lui restait plus qu'à mourir. Elle était depuis quelque temps déjà l'objet de la plus respectueuse admiration de la part de la communauté tout entière.

Nommée assistante quelques mois auparavant, on songea à lui donner le titre de supérieure lorsque les six années de la mère Melin furent accomplies. Elle détourna d'elle, par ses supplications et son humble recours à Notre-Seigneur, ce fardeau qu'elle redoutait plus que toute autre croix. Du reste elle se sentait mourir, et elle en faisait l'aveu à ses sœurs. C'est alors qu'elle demanda, comme une grâce précieuse, la faveur de se préparer au dernier passage par une retraite toute spéciale. Cette âme si sainte, si pure, si riche en vertus et en mérites de toute sorte, redoutait les jugements de Dieu. Ainsi ont fait tous les saints.

Après une longue retraite pendant laquelle son divin

Époux ne cessa de la combler de faveurs de choix,
Marguerite-Marie vit son mal faire de rapides progrès. On voulait encore se rassurer autour d'elle, mais
elle n'acceptait point les espérances de ses sœurs; à
l'une d'elles, qui avait fait son noviciat sous sa direction, et qui dans une de ses visites manifestait à la
chère malade sa confiance dans la protection divine et
dans les bons soins qu'on lui prodiguait, elle avoua
clairement qu'elle mourrait de cette maladie; elle lui
demanda même ses bons offices pour l'heure de
l'agonie; car, ajouta-t-elle, « ce sera entre vos bras que
j'expirerai. » Plusieurs années auparavant elle avait
fait la même demande à une autre sœur et dans les
mêmes termes.

Elle ne vivait plus que d'amour de Dieu et pour
l'amour de Dieu. A chaque instant, de ses lèvres ou de
sa plume, s'échappaient des paroles embrasées. « Sans
la croix et le saint sacrement, je ne pourrais pas vivre
ni supporter la longueur de mon exil!... Je vois, plus
clair que le jour, qu'une vie sans amour de Jésus-
Christ c'est la dernière de toutes les misères ! »

La mort venait, en effet, empreinte de ce caractère
surnaturel et miraculeux qui avait marqué toute sa
vie. Elle demanda à recevoir pour la dernière fois
le saint viatique. Redire les sentiments d'humilité, de
confiance, d'amour surtout qui s'échappèrent dans ce
moment solennel du cœur et des lèvres de la sainte
mourante, nous est impossible. Les anges du ciel qui
accompagnaient le Dieu de l'Eucharistie en cette suprême visite pourraient seuls nous les raconter; quant
à celles de ses sœurs qui eurent alors la consolation
de l'assister, elles en conservèrent jusqu'au dernier
soupir le souvenir le plus précieux. Vint enfin l'heure
de l'agonie. La mère supérieure voulait qu'on allât
chercher de nouveau le médecin. « Ma mère, répond

4*

la mourante, je n'ai plus besoin que de Dieu seul, et de m'abîmer dans le cœur de Jésus-Christ; » puis elle consolait les religieuses qui autour de sa couche de mort fondaient en larmes, leur recommandant d'être toutes à Dieu sans partage et sans réserve: « Ah! quel bonheur d'aimer Dieu! s'écriait-elle de sa voix mourante, aimons-le, aimons-le, mais que ce soit parfaitement! » Un instant, la pensée de la justice divine traversa son esprit; on la vit trembler, baiser humblement et ardemment son crucifix : « Miséricorde, mon Dieu! miséricorde! » Mais ce ne fut qu'un éclair; elle se replongea dans le cœur de Jésus, et une sérénité radieuse reparut sur son front virginal pour ne plus la quitter. Elle reçut l'extrême-onction avec toute la dévotion et la ferveur dont son âme était capable. Elle ne pouvait plus redire que les noms de Jésus et de Marie; ce fut en prononçant ces noms sacrés et pendant qu'on faisait sur son corps la dernière onction qu'elle expira doucement entre les bras des deux sœurs qu'elle avait prophétiquement désignées elle-même. Le pieux médecin qui était accouru pour l'assister à sa dernière heure ne crut pas faire injure à la science en disant que de même qu'elle avait vécu d'amour pour Dieu, elle était morte aussi de ce même amour.

Aussitôt après sa mort la ville de Paray s'émut; partout l'on disait : « La sainte est morte! » Les petits enfants eux-mêmes s'écriaient aussi : « La sainte des Saintes-Marie est morte! »

Après les premiers devoirs pieusement rendus par les religieuses à ce corps virginal, on le descendit dans le chœur de la chapelle, et deux jours entiers s'écoulèrent à lui faire toucher des objets de piété. Tous voulaient emporter quelque souvenir de la sainte. Des témoins entendus au procès de béatification ont avoué qu'il leur était impossible d'exprimer l'empressement, la vénération enthousiaste, le recueillement ému de toutes ces foules en même temps que la suave odeur de sainteté qui s'exhalait de la dépouille sacrée. Le soir de ce second jour, le 18 octobre, les obsèques se firent avec un concours extraordinaire de personnes de marque et d'ecclésiastiques. Le corps de Marguerite-Marie fut déposé dans la sépulture du couvent, creusée sous le chœur de la chapelle des religieuses. Sa sainte âme s'était envolée au ciel pour y jouir éternellement de la vue de ce bien-aimé Jésus dont elle avait entrevu pendant quelques heures ici-bas, au milieu des ténèbres et des larmes de l'exil, le cœur tout rayonnant de compassion et d'amour pour la pauvre humanité.

## CHAPITRE XIV

La dévotion au sacré Cœur se répand dans le monde.

Le Sauveur des hommes avait dit : « Lorsque je serai élevé de terre, j'attirerai tout à moi. » Marguerite-Marie, nous le savons, avait prédit, elle aussi, que l'heure de sa mort serait celle de l'explosion des divins secrets cachés jusque-là dans la solitude de quelques monastères de la Visitation ou dans le silence de certaines âmes privilégiées.

Une *Vie abrégée* de la sainte religieuse, par le P. Croiset, de la Compagnie de Jésus, l'incomparable *Mémoire* qu'elle écrivit elle-même par obéissance, la *Retraite spirituelle* du P. de la Colombière, apprirent en peu de temps au monde étonné les mystères de

Paray, et bientôt le bruit des grandes révélations emplit la France et l'Église. Mais le démon, devinant l'excellence de la dévotion au sacré Cœur et les fruits merveilleux que les âmes en retireraient, mit tout en œuvre pour en entraver l'établissement. Ainsi donc, combattue d'abord dans le monastère même, où elle prit naissance, repoussée par de timides religieuses qui craignaient la nouveauté et s'en tenaient à la lettre de leur sainte règle, cette dévotion va trouver dans le monde une hostilité effrayante. Une nouvelle hérésie, fille du calvinisme, venait de prendre en France des proportions désolantes, cachant sous le masque de la soumission, du rigorisme et de l'humilité, son odieuse révolte. C'était le jansénisme, la secte sans cœur. Sous prétexte de répondre plus parfaitement aux traditions primitives du christianisme, les jansénistes battaient en brèche tout ce qui dans notre sainte religion est consolant et miséricordieux : la communion fréquente, la confiance en la miséricorde divine, l'amour et le culte de la sainte Vierge, les magnificences du culte divin. Ces hérétiques ne pouvaient voir d'un bon œil une dévotion tout imprégnée d'amour comme était celle du sacré Cœur. Dans une série d'intrigues abominables, de libelles diffamatoires et de persécutions plus ou moins ouvertes, ils firent des efforts désespérés pour étouffer dans son berceau la dévotion naissante. Ils essayèrent de la représenter comme superstitieuse, absurde, ridicule, impie. Les colères des sectaires se portèrent principalement sur le P. Eudes et les fils de saint Ignace. La pauvre sœur Marguerite-Marie fut tournée en dérision, et ses splendides révélations, tout éprouvées et approuvées qu'elles étaient par l'autorité compétente, ces révélations que Notre-Seigneur avait confirmées par des miracles, elles furent taxées de rêveries.

Mais la dévotion au sacré Cœur répondait trop bien aux besoins les plus profonds de l'âme humaine; elle apportait un remède trop précieux aux tristes maux de cette époque pour ne pas soutenir, malgré mille obstacles, sa marche pénible tout d'abord, mais bientôt triomphante et glorieuse dans le monde entier.

L'ordre de la Visitation, se considérant désormais comme plus spécialement chargé de faire connaître la dévotion au sacré Cœur, continua avec un zèle admirable l'œuvre de la chère et sainte religieuse. Dix ans à peine s'étaient écoulés depuis la mort de la confidente des secrets divins, et déjà toutes les maisons de l'ordre s'étaient enrôlées sous la bannière du Cœur de Jésus, et de chacun de ces pieux monastères ce Cœur sacré rayonnait, à travers les grilles, dans toutes les contrée environnantes, qui venaient s'y éclairer et s'y réchauffer.

Bon nombre d'évèques, il est vrai, favorisent de toute leur autorité et de leurs exemples ces élans de confiance et d'amour. On les trouve en maints endroits bénissant les chapelles, érigeant les confréries, présidant eux-mêmes ces premières fêtes si intimes et si douces du Cœur de Jésus. Bientôt même les églises paroissiales et les cathédrales ouvrent leurs portes à cette dévotion. L'étincelle sortie du cœur de Marguerite-Marie était devenue une flamme ardente qui gagnait de plus en plus la France entière.

En 1720, trente ans après la mort de l'humble messagère du cœur de Jésus, un fait extraordinaire vint aviver encore ce feu sacré. La peste, arrivée d'Orient, s'était abattue sur la ville de Marseille et y avait déjà moissonné quarante mille hommes. Un silence de mort planait sur les rues et sur les places publiques encombrées de cadavres. Vainement on avait eu recours aux prières et aux pénitences. Rien n'avait pu désarmer la colère divine, lorsque le saint évêque de Marseille, Mgr de Belzunce, reçut une inspiration céleste. Elle lui vint d'une religieuse de la Visitation, la mère Anne-Madeleine Rémusat, auprès de laquelle il venait souvent réchauffer son cœur et enflammer son courage, et qui ne cessait de l'exhorter à mettre tout son espoir dans le Cœur adorable de Jésus. Un jour donc, le 1er novembre 1720, comme un autre Borromée, il sortit de son palais, accompagné de tous les religieux, de tous les prêtres, de toutes les âmes saintes, pieds nus, la corde au cou, la croix entre les bras ; et quand il fut arrivé sur la principale place publique de Marseille, il s'agenouilla ; et là, dans un silence qui n'était interrompu que par les sanglots et les gémissements de l'assemblé, il voua solennellement son diocèse au Cœur de Jésus. Dès ce moment la peste cessa avec un tel enchantement, qu'il n'y eut plus à partir de ce jour une seule victime du fléau à Marseille.

Mais comme le conseil de ville n'avait pas voulu s'associer à cette démonstration, deux ans après le fléau reparut. Alors, se repentant de leur faute, les échevins firent vœu d'aller chaque année, le jour de la fête du sacré Cœur, communier dans l'église de la Visitation, d'y offrir un flambeau de cire blanche orné de l'écusson de la ville, et d'assister le même jour à une procession publique. Aussitôt, nous en avons les procès-verbaux signés de tous les magistrats, le fléau cessa avec la même rapidité que la première fois, et c'est de là que date, pour la ville de Marseille, cette dévotion du sacré Cœur qui a été si féconde pendant la révolution, et qui de nos jours s'est montrée avec tant d'éclat.

De tels événements ne traversent pas une contrée aussi chrétienne que l'était alors la Provence, sans y jeter une lumière. A l'exemple de l'illustre Henri de

Belzunce, les archevêques d'Aix, d'Arles, d'Avignon, et les évêques de Toulon et de Carpentras s'empressèrent de donner des mandements pour l'établissement de la fête. Tout le midi eut bientôt acclamé la dévotion du sacré Cœur [1].

Une vie de la vénérée Marguerite-Marie écrite par Mgr Languet, autrefois vicaire général d'Autun, et supérieur du monastère de Paray, alors évêque de Soissons et depuis archevêque de Sens, vint donner peu de temps après un nouvel élan à cette dévotion, en jetant dans le monde entier le récit des merveilleuses révélations. Nul n'était mieux placé que ce digne prélat pour les faire connaître, puisqu'il avait été en relation avec les contemporaines et les disciples de Marguerite-Marie. C'était de sa part un véritable acte de courage, et il mérita ainsi de partager avec le P. Eudes et les fils de saint Ignace les sarcasmes et les colères des ennemis de la dévotion au sacré Cœur. Mais à l'encontre de cette impiété railleuse excitée par le récit des révélations de Paray-le-Monial, quel enthousiasme admirable chez le peuple chrétien tout entier! Ce fut alors dans toute la France, on l'a dit, comme une longue et ineffable acclamation qui fut entendue de l'univers catholique tout entier.

Toutefois Rome, qui ne se prononce jamais dans ces questions qui intéressent si intimement l'Église et les âmes qu'après avoir examiné et pesé toute chose avec une lenteur pleine de sagesse, tardait encore à sanctionner par son autorité suprême, le culte public et universel de la dévotion au sacré Cœur, malgré les suppliques pressantes qu'elle recevait de toutes parts.

Trente et quelques années s'écoulèrent ainsi pendant lesquelles la question s'éclaira dans l'esprit des

[1] Mgr Bougaud.

théologiens, dans les discussions des écoles, dans les intuitions des âmes saintes, dans le cœur des fidèles, lorsque le souverain pontife Clément XIII, à peine assis sur la chaire de saint Pierre, se plut à la résoudre aux applaudissements de l'Église. Un décret en date de 1765 accordait aux évêques de Pologne, solliciteurs empressés depuis longtemps déjà, puis à l'archiconfrérie romaine, la permission de célébrer, avec messe et office propres, la fête du Cœur de Jésus, laissant aux autres évêques de la chrétienté de demander l'extension de cette permission à leur diocèse. A peine ce décret était-il rendu, que l'assemblée du clergé de France, réunie à Paris, se hâtait d'y souscrire, sur les instances de la pieuse reine Marie Leczinska, et décidait que la dévotion et le culte du Cœur de Jésus seraient établis dans tous les diocèses de France.

Ainsi, mon enfant, moins d'un siècle après la mort de Marguerite-Marie, la première partie de sa mission était réalisée.

Et maintenant vous désirez savoir quel fut le résultat de la révélation faite par Notre-Seigneur à sa fidèle servante, relative au roi de France. Aucune réponse ne fut faite par Louis XIV ni dans un sens ni dans un autre. On se demande même s'il eut avis de ce message. Les uns disent qu'il ne le connut jamais, mais il en est qui affirment que l'ayant reçu peu de temps après, il manqua de courage pour en procurer l'accomplissement.

Louis XV, son successeur, était trop plongé dans les plaisirs pour mériter l'honneur d'être le roi du Cœur si pur de Jésus, et cependant il voyait l'abîme se creuser chaque jour de plus en plus sous ses pas. Disons toutefois que sous le règne de ces deux monarques, la cour comptait de belles et grandes âmes qui avaient accueilli dans un saint enthousiasme la dévotion au sacré Cœur. Elles y puisaient des lumières et des consolations dans leurs délaissements, leurs afflictions et leurs tristes pressentiments pour l'avenir. Ainsi nous voyons Henriette d'Angleterre poser la première pierre d'une chapelle érigée au Cœur de Jésus dans un monastère de Visitandines de Paris, et se faire inscrire en tête du registre de la confrérie. Madame la duchesse d'Orléans aimait à assister, pieusement confondue dans la foule, au salut solennel de réparation au cœur de Jésus établi chaque premier vendredi du mois dans la chapelle d'un autre couvent du même ordre à Paris.

Plus tard nous voyons Marie Leczinska dresser dans le palais royal même d'humbles oratoires dédiés au sacré Cœur. Là se réfugiait, dans des heures pénibles, cette admirable reine entourée de ses quatre filles, dont l'une fut Madame Louise de France, du Dauphin qui fut père de Louis XVI, et de sa jeune et sainte épouse.

Le 23 décembre 1787, Madame Louise de France, l'héroïque carmélite, mourait en prédestinée dans son humble cellule du couvent de Saint-Denis. La fille des rois s'était offerte comme une victime d'expiation, et Dieu avait accepté son sacrifice; mais sa justice, irritée par tant d'impiétés et de crimes de toute sorte, demandait une victime plus auguste encore. La révolution avançait à grands pas, menaçant de tout engloutir : monarchie, noblesse, clergé, vieilles institutions et vieilles mœurs. Bientôt Louis XVI comprit que sa main n'était plus assez ferme pour lutter contre la tempête; enfermé dans son palais des Tuileries après le retour de Varennes, il tourna sa pensée vers le Cœur de Jésus. C'est dans les premiers mois de 1792, qu'il formula ce vœu touchant :

« Vous voyez, ô mon Dieu, toutes les plaies qui déchirent mon cœur, et la profondeur de l'abîme dans lequel je suis tombé. Des maux sans nombre m'environnent de toutes parts. A mes malheurs personnels et à ceux de ma famille, qui sont affreux, se joignent pour accabler mon âme ceux qui couvrent la face du royaume. Les cris de tous les infortunés, les gémissements de la religion opprimée retentissent à mes oreilles, et une voix intérieure m'avertit encore que peut-être votre justice me reproche toutes ces calamités, parce que dans les jours de ma puissance je n'ai pas réprimé la licence du peuple et l'irréligion, qui en sont les principales sources; parce que j'ai fourni moi-même des armes à l'hérésie qui triomphe, en la favorisant par des lois qui ont doublé ses forces et lui ont donné l'audace de tout oser.

« Je n'aurai pas la témérité, ô mon Dieu, de me justifier devant vous; mais vous savez que mon cœur a toujours été soumis à la foi et aux règles des mœurs; mes fautes sont le fruit de ma faiblesse et semblent dignes de votre grande miséricorde. Vous avez pardonné au roi David, qui avait été cause que vos ennemis avaient blasphémé contre vous; au roi Manassès, qui avait entraîné son peuple dans l'idolâtrie. Désarmé par leur pénitence, vous les avez rétablis l'un et l'autre sur le trône de Juda; vous les avez fait régner avec paix et gloire. Seriez-vous inexorable aujourd'hui pour un fils de saint Louis qui prend ces rois pénitents pour modèles et qui, à leur exemple, désire réparer ses fautes et devenir un roi selon votre cœur?

« O Jésus-Christ, divin Rédempteur de toutes nos iniquités, c'est dans votre Cœur adorable que je veux déposer les effusions de mon âme affligée. J'appelle à mon secours le tendre cœur de Marie, mon auguste protectrice et ma mère, et l'assistance de saint Louis, mon patron et le plus illustre de mes aïeux.

« Ouvrez-vous, Cœur adorable, et, par les mains si
pures de mes puissants intercesseurs, recevez avec
bonté les vœux satisfactoires que la confiance m'inspire, et que je vous offre comme l'expression naïve de
mes sentiments.

« Si, par un effet de la bonté infinie de Dieu, je
recouvre ma liberté, ma couronne et ma puissance
royale, je promets solennellement :

« 1º De révoquer le plus tôt possible toutes les lois
qui me seront indiquées, soit par le pape, soit par
quatre évêques choisis parmi les plus vertueux de mon
royaume, comme contraires à la pureté et à l'intégrité
de la foi, à la discipline et à la juridiction spirituelle
de la sainte Église catholique, apostolique, romaine, et
notamment la *Constitution civile* du clergé.

« 2º De prendre, dans l'intervalle d'une année, tant
auprès du pape qu'auprès des évêques de mon royaume,
toutes les mesures nécessaires pour établir, suivant
les formes canoniques, une fête solennelle en l'honneur du sacré Cœur de Jésus, laquelle sera célébrée à
perpétuité dans toute la France, le premier vendredi
après l'octave du saint Sacrement, et toujours suivie
d'une procession générale, en réparation des outrages
et des profanations commises dans nos saints temples,
pendant le temps des troubles, par les schismatiques,
les hérétiques et les mauvais chrétiens.

« 3º D'aller moi-même en personne, sous trois mois,
à compter du jour de ma délivrance, dans l'église
Notre-Dame de Paris ou dans toute autre église principale du lieu où je me trouverai, et de prononcer un
jour de dimanche ou de fête, au pied du maître-autel,
après l'offertoire de la messe, et entre les mains du
célébrant, un acte solennel de consécration de ma personne, de ma famille et de mon royaume au sacré Cœur
de Jésus, avec promesse de donner à tous mes sujets

.l'exemple du culte et de la dévotion qui sont dus à ce Cœur adorable.

« 4° D'ériger et de décorer à mes frais, dans l'église que je choisirai pour cela, dans le cours d'une année à compter du jour de ma délivrance, une chapelle ou un autel qui sera dédié au sacré Cœur de Jésus, et qui servira de monument éternel de ma reconnaissance et de ma confiance sans bornes dans les mérites infinis et dans les trésors inépuisables de grâce qui sont renfermés dans ce Cœur sacré.

« 5° Enfin de renouveler tous les ans, au lieu où je me trouverai, le jour qu'on célébrera la fête du sacré Cœur, l'acte de consécration exprimé dans l'article troisième, et d'assister à la procession générale qui suivra la messe de ce jour.

« Je ne puis aujourd'hui prononcer qu'en secret cet engagement, mais je le signerais de mon sang s'il le fallait ; et le plus beau jour de ma vie sera celui où je pourrai le publier à haute voix dans le temple.

« O Cœur adorable de mon Sauveur ! que j'oublie ma main droite et que je m'oublie moi-même, si jamais j'oublie vos bienfaits et mes promesses, et cesse de vous aimer et de mettre en vous ma confiance et toute ma consolation.

« Ainsi soit-il. »

J'ai voulu vous faire lire dans son entier, mon enfant, cette touchante consécration de la France au Cœur de Jésus par le cœur du roi martyr. Ce cri de prière et de détresse demeura impuissant ; il n'était plus que l'acte d'humilité et de confiance d'un captif et non du roi de France. Peu de temps après, Louis XVI, vous le savez, mourait sur l'échafaud en baisant avec foi l'image du divin Crucifié et en pardonnant, comme lui, à ses bourreaux.

La famille royale, dans son deuil inexprimable et en présence des affreux malheurs qui l'attendaient, trouva sa consolation dans la dévotion au Cœur de Jésus. Un jour, une compagnie de municipaux pénètre dans la prison du Temple, à dix heures du soir, — c'était le 20 août 1793, — les nobles captifs venaient de se coucher. « Nous nous levâmes précipitamment, dit Madame Royale dans ses Mémoires. Ils nous lurent un arrêté de la Commune qui ordonnait de nous fouiller à discrétion : ce qu'ils firent exactement, jusque sous les matelas. Mon pauvre frère dormait; ils l'arrachèrent de son lit avec dureté pour fouiller dedans; ma mère le prit tout transi d'effroi. Ils ôtèrent à ma mère une adresse de marchand, qu'elle avait conservée, un bâton de cire à cacheter qu'ils trouvèrent chez ma tante, et à moi, ils me prirent un Sacré-Cœur de Jésus et une prière à la France. Leur visite ne finit qu'à quatre heures du matin. »

« Ce Sacré-Cœur de Jésus et cette prière pour la France, dit M. Sainte-Beuve, se tiennent plus étroitement qu'il ne semble, et il fallait peut-être avoir la foi en l'un pour pouvoir en ce moment prier pour l'autre [1]. »

Ces images du Sacré-Cœur étaient, à cette triste époque, très répandues parmi les nobles victimes vouées par leur naissance, leur religion, leur fidélité à la famille royale, à la fureur des révolutionnaires. On cite même un certain nombre de personnes qui furent saisies, emprisonnées, puis conduites à la mort pour le seul crime d'avoir été trouvées munies de ce signe sacré. Bientôt les Vendéens, — ces géants, comme les appelle un fameux capitaine, — attachèrent

---

[1] Sainte-Beuve, *Causeries du lundi* (M^me *la duchesse d'Angoulème*).

sur leurs vaillantes poitrines l'image du Sacré-Cœur pour aller combattre, sur vingt champs de bataille, les ennemis de leur pays, de leur roi, de leur Dieu, sous la conduite de ces héros qui s'appellent Henri de la Rochejaquelein, Lescure, Charette, Cathelineau, Stofflet, Bonchamp.

Ces dévouements si héroïques et si chrétiens n'étaient pas suffisants pour apaiser la colère divine et ramener la paix dans notre malheureuse patrie, qui ne méritait pas de voir, à cette heure solennelle et terrible, l'accomplissement des promesses du Cœur sacré de Jésus.

La Vendée, l'Anjou, la Bretagne, n'étaient point la France entière, comme on l'a bien dit, et loin d'acclamer la consécration royale et de favoriser la vaillance des soldats du Christ, la représentation française faisait tomber la tête de son roi et fusiller les défenseurs de l'autel et du trône.

## CHAPITRE XV

### Sœur Marguerite-Marie. — Sa béatification.

Dès le premier jour, le tombeau de sœur Marguerite-Marie fut entouré de vénération et d'amour. D'éclatants miracles vinrent, en effet, justifier et affermir cette confiance des fidèles dans sa puissante intercession.

Douze ans après cette mort glorieuse, on retira le cercueil du caveau où il reposait; mais déjà sa mémoire était trop célèbre pour qu'on songeât à mêler ses ossements à la poussière commune. On les recueillit dans une châsse de bois de chêne vitrée, qui fut placée dans le même caveau, sur une petite table en face de son sépulcre.

Durant le XVIII<sup>e</sup> siècle, la pauvre châsse demeura dans ce caveau sous la seule protection du respect et de la vénération des religieuses, qui avaient le plus grand intérêt à la conservation de ce trésor.

Cependant les fidèles, et surtout les maisons sœurs de celle de Paray, réclamaient quelques petites parts de ces restes sacrés.

Bon nombre de personnes du monde entrèrent en possession de quelques morceaux du premier cercueil et des débris de la poussière qu'on y avait trouvée.

Plusieurs monastères de la Visitation reçurent des ossements, entre autres ceux de Moulins, de Vienne en Autriche, celui de Rome et différents autres qui vraisemblablement les ont perdus dans là tourmente de la Révolution.

On était arrivé, en effet, à cette terrible époque pendant laquelle le trône et les autels furent renversés. Les monastères, ces retraites paisibles de la prière et du dévouement, ne furent pas épargnés. Les religieuses de Paray furent donc obligées d'abandonner, en larmes, leur chère maison et leur chapelle devenue pour elles si précieuse depuis les apparitions de Notre-Seigneur à sa fidèle servante. Toutefois, dans leur exil, elles voulurent emporter avec elles et mettre en lieu sûr la châsse qui renfermait les ossements de la messagère du sacré Cœur; puis, cachées sous des habits du monde, soit dans leurs familles, soit dans des maisons amies, ces épouses du Christ laissèrent passer la tempête comme l'oiseau qui pendant l'orage se réfugie dans un buisson épais ou sous une branche hospitalière. L'orage fut bien long, et, lorsque le premier rayon de soleil se mit à luire sur l'horizon de la France, ces saintes filles revinrent à leur chère demeure; mais, hélas ! elle ne leur appartenait plus : vendue comme bien national, elle était devenue la propriété morcelée de plusieurs familles du pays. La racheter était pour elles chose impossible; elles étaient dénuées de toute ressource. C'est alors qu'elles se décidèrent, après bon nombre d'années de tentatives inutiles, à se rendre à la Charité-sur-Loire, où une maison leur était offerte. Plusieurs étaient mortes dans le cours de ces années d'exil, mais celles qui restaient se trouvèrent heureuses de reprendre ensemble cette vie religieuse à laquelle elles s'étaient consacrées dès leur jeunesse. Elles se consolaient de l'immense chagrin de ne point rentrer dans leur chère demeure première en emportant avec elles le précieux trésor qu'elles avaient réussi à sauver des mains sacrilèges des hommes de la révolution. Mais la ville de Paray tenait de son côté à conserver cette châsse de la sainte. Devant l'émotion extraordinaire de toute la population, les magistrats de la cité intervinrent et firent opposition au dessein des religieuses; le précieux dépôt fut ainsi remis, avec l'autorisation épiscopale, en possession de la ville, qui se chargea de le conserver, dans ces temps troublés, comme un de ses plus riches trésors.

Les choses demeurèrent en cet état jusqu'au 16 juin 1823, jour béni où les rares survivantes de ce troupeau d'exilées, auxquelles s'étaient jointes dans les dernières années plusieurs saintes jeunes filles, eurent l'immense joie de rentrer dans le cher monastère de Paray. Grâce à des secours assez abondants, qui leur furent accordés par des familles amies, elles avaient pu, en effet, racheter à prix élevé l'ancienne demeure; et c'est au milieu des sympathies d'une foule considérable qu'elles en reprirent possession, conduites processionnellement par l'évêque du diocèse et les magis-

trats de la cité. La sainte châsse avait été reportée
dès le matin de ce grand jour dans sa chère demeure.
On avait dû éviter, malgré les désirs de la multitude,
pour ne pas nuire à la cause de la béatification, d'entourer cette relique d'hommages qui auraient ressem-
blé à un culte public.

Par une permission spéciale de la Providence, le
monastère n'avait pas subi le sort de tant d'autres à
cette triste époque : on l'avait respecté. Il était debout,
délabré, vieilli, il est vrai, mais complet. Comment
exprimer la joie de ces saintes religieuses vieillies et
usées elles-mêmes dans leur exil de trente ans plus
encore que leur maison, quand elles revirent ces lieux
bénis ! le sanctuaire, la grille, la petite cellule où
mourut la Bienheureuse, l'oratoire du noviciat, le
bouquet de noisetiers, la petite chapelle du Sacré-
Cœur au fond du jardin ! Ce fut pour elles une
journée d'émotion qu'on comprend bien, mais qu'on
ne peut redire.

La cause de la béatification de la vénérée sœur
devint dès ce moment l'objet des pieuses pensées, des
ardents désirs de la communauté tout entière. Le
procès avait été ouvert dès l'année 1715, mais en
raison des temps malheureux qu'on traversa, ce ne
fut qu'en 1820 qu'il fut remis à Rome. On n'avait
cessé, même pendant la tourmente, de recourir à celle
que tous appelaient la Sainte de Paray, et lorsque la
première éclaircie s'était faite dans le ciel orageux de
la patrie, des pèlerinages nombreux étaient déjà venus
implorer devant ses restes précieux et par son intercession, les bénédictions divines.

Ces efforts des Visitandines de Paray et la confiance
des peuples ne devaient pas tarder à recevoir leur
récompense. Le 30 mars 1824, un an à peine après la
réouverture du monastère, le pape Léon XII signait la

commission pour l'introduction de la cause, et sœur Marguerite-Marie était par là même déclarée Vénérable. Six ans après, dans le cours de l'année 1830, après l'étude la plus consciencieuse de tous les témoignages qui pouvaient servir à la cause de la béatification, on dut procéder à l'ouverture du tombeau et à la reconnaissance authentique des reliques, sous la présidence de l'évêque diocésain, en présence des délégués apostoliques, de quatre médecins et d'un bon nombre d'ecclésiastiques et de personnages recommandables. Cette journée du 21 juillet 1830, cent quatre-vingt-troisième anniversaire de la naissance de Marguerite-Marie, fut le premier jour de gloire pour elle.

On tira du caveau, où on l'avait scellée en 1824, la précieuse châsse. Les médecins firent la reconnaissance des ossements, qu'ils déposèrent dans leur position naturelle. Ils les trouvèrent bien conservés et le crâne contenant encore la substance cérébrale non complètement desséchée et sans mauvaise odeur.

Deux guérisons extraordinaires, dont l'une soumise à l'examen de la sacrée Congrégation, a été déclarée miraculeuse, vinrent achever de remplir toutes les âmes de confiance et de joie.

Cependant il fallut attendre de longues années encore pour l'examen des vertus et des écrits de la vénérable sœur. Tout fut analysé, étudié, discuté avec cette exactitude et cette maturité qui caractérisent les actes irréformables de la cour romaine. La Congrégation des Rites venait de rendre un vote favorable sur l'héroïcité des vertus de notre sainte, lorsque Grégoire XVI mourut, laissant à Pie IV la gloire et la joie de les proclamer.

Ce ne fut, en effet, que le 24 avril 1864 que le dernier et solennel décret fut porté. Ces retards n'eurent d'autres résultats que d'exciter l'impatience du peuple chrétien et de préparer à la Bienheureuse un triomphe digne d'elle.

Il commença à Paray par une fête splendide, mais tout intime, nulle démonstration de culte n'étant encore permise au dehors. On dut de nouveau dans ce jour faire l'ouverture du tombeau dans le but de reconnaître d'une manière définitive les saints ossements, qui ne devaient plus y rentrer, et d'en extraire la relique insigne qui sur l'autel de Saint-Pierre devait recevoir le premier hommage du pape et de l'Église.

« Chose admirable ! dit un des témoins de cette touchante fête, tout cadavre inspire l'horreur, excepté celui des saints. Ces ossements terreux, ces débris d'une chair qui s'en va en poussière, ce je ne sais quoi qu'on trouve au fond d'un tombeau et qui n'a de nom dans aucune langue, tout cela eût-il été habité par le génie, transfiguré par la gloire et par la beauté, tout cela fait peur. Mais que l'amour de Dieu, que l'héroïsme de la sainteté ait fait palpiter ces débris, les voilà vivants à jamais! On voulait les toucher, les baiser; il ne fallait rien moins que les foudres de l'Église pour empêcher cette foule de se précipiter sur ce corps sacré, d'y coller ses lèvres et de s'en partager les ossements. La mort était vaincue, et on sentait déjà la vie circuler triomphante à travers ces ossements desséchés.

Il y eut dans l'inspection et la vénération de ces reliques un moment saisissant. Une poignante anxiété remplissait tous les cœurs. Le cerveau, qui avait apparu en 1830 préservé de toute corruption, en quel état allait-on le retrouver? Dieu nous aurait-il conservé ce signe de vie dans les ossements desséchés? L'évêque souleva le crâne. « Le voilà, le voilà, ce signe auguste! » Vainement trente-quatre nouvelles années se sont écoulées; vainement la châsse a été ouverte et le cerveau exposé à l'air, il est le même, intact, quoiqu'un peu raffermi et concentré. On se prosterne, on adore, on se raconte des faits analogues, et tous les cœurs battent d'un saint enthousiasme.

« Voilà l'illustre Marguerite-Marie, continue le même témoin, telle que m'apparaissait son âme, pendant que, d'une main respectueuse et d'un cœur ému, nous replacions un à un, dans une riche châsse en argent doré, les débris de son corps virginal. Après quoi, les religieuses de la Visitation le remirent sur leurs épaules joyeuses et nous le transportâmes triomphalement au chœur intérieur du monastère, sur un trône qui lui avait été préparé, et au-dessus duquel on voyait deux anges qui soutenaient une couronne de vierge. C'est là que ces reliques précieuses devaient demeurer jusqu'au jour solennel de la béatification.

« Elle eut lieu à Rome, le 4 septembre 1864. Dès le matin, le canon du fort Saint-Ange annonça, par des salves joyeuses, que l'amante du Cœur de Jésus venait d'être proclamée Bienheureuse. Sur le soir du même jour, Pie IX vint s'agenouiller devant son image, suivi d'un nombreux cortège, où l'on remarquait plus de deux cents prêtres français. L'évêque du diocèse de la Bienheureuse s'avança près du Père commun des fidèles, et lui offrit, avec ses vœux et ceux de l'Église de France, quelques dons modestes, entre autres un bouquet de fleurs, emblème des vertus que son diocèse avait vues fleurir dans l'humble parterre de la Visitation de Paray, et dont les parfums allaient embaumer l'Église.

« L'année suivante, les fêtes de la béatification se célébrèrent dans tous les monastères de la Visitation. A Paray, elles durèrent trois jours, et eurent un éclat extraordinaire. Plus de cent mille personnes y assis-

Maison où est née la Bienheureuse, à Vérosvres. (P. 29.)

tèrent. Son Éminence le cardinal-archevêque de Besançon les présida, assisté des archevêques et évêques d'Autun, de Bourges, de Dijon, de Nîmes, d'Évreux, d'Annecy, d'Hébron; des abbés mitrés de Sept-Fonds, d'Aiguebelles, du mont des Olives, de Sainte-Marie-du-Mont, de la Grâce-de-Dieu, entouré de plus de quatre cents prêtres et d'une foule de religieux de tous les ordres. Les saintes reliques, tirées enfin de l'humble châsse de bois, avaient été renfermées dans une magnifique châsse d'argent doré, semée de pierres précieuses, d'améthystes, de topazes, et ornée de peintures sur émail dans le style du moyen âge. Pendant trois jours elles furent portées en triomphe à travers les rues pavoisées de Paray, sur les épaules de vingt-quatre prêtres revêtus de dalmatiques. Rien ne peut rendre la beauté de ces processions, qui rappelaient l'éclat des fêtes du moyen âge. Mais ce qu'il serait plus difficile encore de dire, c'est leur caractère triomphal, la joie peinte sur tous les visages, l'enthousiasme qui faisait battre tous les cœurs. On se sentait au dernier acte d'un drame sublime. On s'en rappelait les humbles commencements, les péripéties douloureuses, les dures épreuves. On en touchait de la main le splendide dénouement. Ce que Dieu avait promis était donc réalisé. L'Église de France était là, sous tous les yeux, vivante, fervente, renouvelée et réchauffée par les rayons du acré Cœur. La Bienheureuse montait sur les autels. Le Cœur de Jésus régnait malgré tous ses ennemis. Il irradiait le monde [1]. »

---

[1] M⁽ᵍʳ⁾ Bougaud.

# CHAPITRE XVI

Les grandes manifestations en l'honneur du sacré Cœur de Jésus.

« Venez à moi, vous qui êtes dans la peine et l'épreuve, et je vous soulagerai, » a dit le bon Sauveur ; et l'humanité qui lit le saint Évangile connaît bien, mon enfant, cette douce invitation. C'est surtout dans les larmes, en effet, que le chrétien est heureux de trouver son Dieu ; la prospérité n'est guère favorable à l'union d'une âme avec le divin Crucifié, et il est bien considérable le nombre de ceux que le malheur a ramenés à ses pieds pour leur plus grande consolation ici-bas et leur bonheur dans l'éternité. Ce qui se passe dans les individus se produit également chez les nations que Dieu a faites guérissables, et c'est bien l'épreuve qui a jeté la France catholique dans les bras de Jésus-Christ et sur son Cœur sacré.

La béatification de Marguerite-Marie avait été sans doute le signal d'un admirable enthousiasme pour le culte du sacré Cœur dans le monde catholique tout entier et plus particulièrement dans notre chère patrie ; mais la nation française entière, que l'écho des solennités célébrées en l'honneur de la messagère des secrets divins aurait dû réveiller de ses indifférences, ne songeait qu'à s'étourdir au bruit des fêtes profanes de la capitale et s'endormait dans une confiance aveugle en sa propre force.

L'heure de la grande catastrophe allait sonner cependant ; on était arrivé à cette année 1870, si bien nommée l'année terrible. C'est surtout à la suite de cès ineffables malheurs que la France catholique, celle qui croit et qui prie, c'est-à-dire la vraie France, se voyant vaincue et meurtrie, s'est ressouvenue des appels si éclatants de la divine miséricorde, et alors elle s'est prosternée pleine de repentir vers le Cœur de Jésus, en se frappant la poitrine et s'écriant : « Pitié, mon Dieu ! »

Au milieu même de nos désastres, ce souvenir s'était manifestement présenté à quelques nobles défenseurs de notre patrie, petits-fils, la plupart, des héros et des victimes de la Terreur et des guerres vendéennes.

Le 27 septembre 1870, les zouaves pontificaux français débarquaient à Toulon pour s'offrir généreusement à la défense de la patrie. Le colonel de Charette, leur brave commandant, obtint du ministre de la guerre l'honneur de conduire ces braves au feu, non plus sous le beau nom qu'ils portaient à Rome, mais sous celui de Volontaires de l'Ouest : tel était l'ordre ministériel.

Quelques semaines plus tard, le régiment était formé malgré mille difficultés, et il fut désigné pour faire partie du 17ᵉ corps, sous le commandement du brave et saint général de Sonis, celui qu'on devait bientôt surnommer le héros de Patay, et qui voulut qu'on gravât sur sa tombe ce seul mot : Soldat du Christ.

Le 1ᵉʳ décembre 1870, par une froide nuit, deux officiers supérieurs se dirigeaient vers Patay, où allait se jouer, le lendemain, la dernière partie de la France. L'un était le général de Sonis, l'autre le colonel de Charette, qui était à la tête des zouaves, tous les deux profondément émus par la solennité de l'heure qu'ils traversaient, et par l'évidente certitude que, sans un secours éclatant de Dieu, c'en était fait de la

France. Le froid était glacial, et il devenait impossible
de se tenir à cheval. Le général et le colonel mettent
pied à terre et continuent leur route. Tout en mar-
chant, le général exprime à M. de Charette le regret
de ne point voir sur son fanion un emblème religieux
plus caractéristique. « Mon général, reprend le colonel, je puis vous offrir ce que vous souhaitez. » Et
alors il raconte au général que le jour même où il
avait reçu du gouvernement français l'autorisation de
combattre avec les zouaves, à la condition qu'ils pren-
draient le nom de Volontaires de l'Ouest, un drapeau,
sur lequel était peint le sacré Cœur, lui était arrivé
de loin avec cette adresse : *Aux défenseurs de l'Ouest.*
Il avait su plus tard que ce drapeau avait été brodé à
Paray par les religieuses, et envoyé à Tours, à M. Du-
pont, avec le désir qu'il parût sur les champs de
bataille. Le général de Sonis vit là comme une inspiration de Dieu, et la bannière du Sacré-Cœur fut
adoptée aussitôt pour être l'oriflamme des zouaves.
Seulement pour ne créer aucune difficulté, il fut décidé
qu'on ne la déploierait qu'au moment où elle pourrait
recevoir le baptème du feu, afin que la France ne la
vît que quand elle aurait été teinte et pour ainsi dire
sacrée par le sang français. On était sûr qu'après la
bataille, cette bannière, victorieuse ou vaincue, se
serait conduite de telle sorte qu'elle ne passerait pas
devant une armée française sans faire incliner toutes
les épées.

Le lendemain, 2 décembre 1870, premier vendredi
du mois, jour consacré au sacré Cœur, la messe est
célébrée dès les trois heures du matin. Le général de
Sonis, le colonel de Charette, la plupart des officiers,
et un grand nombre de soldats s'approchèrent de la
sainte table, pour apprendre du Cœur de Jésus à souffrir et à s'immoler. La bataille s'engage aussitôt, et,

malgré la disproportion des deux armées, reste indécise jusqu'à deux heures et demie du soir. Mais alors, les renforts ennemis se succédant sans relâche, on entrevoit le moment où, à moins d'un effort héroïque et heureux, il faudra songer à la retraite. Le général prend sa résolution. Il ramasse une colonne d'attaque et essaye de la lancer contre le village de Loigny. Deux régiments se couchent par terre et refusent d'avancer. Le général n'hésite plus. Il court aux zouaves : « Messieurs, voilà l'heure de montrer ce que savent faire des Français et des chrétiens ; en avant! » Un cri d'enthousiasme lui répond. Le sergent Henri de Verthamon s'élance à cinquante pas à la tête du bataillon, et déploie l'étendard du Sacré-Cœur. Tous se précipitent aux cris de : « Vive Pie IX! Vive la France! » Il fallait franchir un assez long espace de terrain sous une épouvantable mousqueterie. Les zouaves le traversent calmes et en bon ordre, sans tirer un coup de fusil. Arrivés en face du petit bois, ils ouvrent le feu, s'élancent à la baïonnette, fouillent le bois, chassent les Allemands, arrivent au village et plantent le drapeau du Sacré-Cœur sur la position, au milieu d'un nuage de poudre qui l'enveloppe comme un nuage d'encens.

Mais là, l'ennemi s'aperçoit de leur petit nombre; il se remet de sa surprise; il appelle sa réserve; il masse ses rangs. Après avoir étonné les Prussiens par leur élan, c'est l'heure pour les zouaves de les étonner par leur héroïsme. Le général de Sonis, Charette, Troussures, tombent à côté de la bannière du Sacré-Cœur, qui devient la cible des projectiles. Verthamon, qui la tient, meurt en l'empourprant de son sang. Le comte de Bouillé ramasse aussitôt le drapeau, et, frappé à mort, le passe à son fils, le comte Jacques de Bouillé, qui, après l'avoir tenu quelque temps, succombe à son tour. Le Parment, qui lui succède, a la main brisée et le remet au sergent Landeau, qui le garde tout teint de sang et troué en plusieurs endroits. La plupart des zouaves sont renversés ou vont l'être, ils tombent dans le Cœur de Jésus, jetant sur ce champ de bataille un rayon de pure gloire, qui rappelle le temps des croisades.

Le surlendemain Orléans était emporté, et le reste des zouaves alla se faire hacher au Mans pour couvrir la retraite de Chanzy. Quelques mois plus tard Paris se rendait, la guerre était finie, et les zouaves licenciés. Mais avant de se séparer ils voulurent, en prenant congé de leur drapeau, lui décerner une suprême ovation, et accomplir un acte dont les événements qui venaient de se passer leur avaient donné la pensée. Ils se réunirent donc à Rennes, dans une église. Là, pendant le saint sacrifice, au moment de la sainte communion, le drapeau du Sacré-Cœur fait son entrée solennelle, et vient se placer au pied de l'autel. M. de Charette, devenu général, et ses officiers se groupent autour de lui; l'aumônier en chef, Mgr Daniel, lit à genoux un acte de consécration au Cœur de Jésus, rédigé et envoyé par le général de Sonis, retenu au loin par les suites de sa blessure. Puis le général de Charette prononce d'une voix vibrante les paroles suivantes :

« A l'ombre de ce drapeau, teint du sang de nos plus chères victimes, moi, général baron de Charette, qui ai l'insigne honneur de vous commander, je consacre la légion des Volontaires de l'Ouest, les zouaves pontificaux, au sacré Cœur de Jésus; et avec ma foi de soldat je dis de toute mon âme et je vous demande de dire tous avec moi : Cœur de Jésus, sauvez la France! »

Un cri unanime, spontané, formidable répondit : « Cœur de Jésus, sauvez la France! »

Ainsi s'acheva cet épisode héroïque de nos tristes guerres. C'était la seconde fois, depuis l'oriflamme des croisades, qu'un drapeau religieux paraissait sur un champ de bataille. Le premier avait été porté par Jeanne d'Arc, le second le fut par les zouaves [1].

Quelques mois après le glorieux sacrifice de Patay, au plus fort de l'affreux hiver de cette année terrible, Paris était bloqué par notre impitoyable ennemi; Rome était tombée depuis plusieurs mois par notre faute entre des mains sacrilèges; la Commune préparait ses fureurs dans l'ombre. De nobles cœurs, qui ne demandaient qu'à se sacrifier pour la France agonisante, se dirent que tous les moyens humains paraissant inutiles, il fallait recourir avec une plus grande ferveur au Ciel lui-même, qui nous abandonnait visiblement à cause de nos crimes. Nulle protection ne leur parut plus efficace que celle du sacré Cœur lui-même. Avant tout, il parut bon à ces grands chrétiens de chercher à désarmer la colère divine par un grand acte d'expiation et de pénitence. De cette noble pensée naquit l'heureuse inspiration d'ériger, à Paris même, une église monumentale dédiée au sacré Cœur de Jésus. Elle s'élèverait dans la ville coupable et châtiée, comme une amende honorable sur le théâtre d'un crime. Défense contre les périls du présent, elle servirait de leçon pour l'avenir, et attesterait aux générations à venir nos malheurs, notre repentir et, s'il plaît à Dieu, notre délivrance. C'était, mon enfant, l'œuvre admirable du Vœu national.

L'immortel Pie IX, dans son affection si pleine de tendresse inquiète pour la France, accueillit avec joie cette heureuse idée, et peu de temps après il lui en-

---

[1] Notes du capitaine Jacquemont, tirées de l'*Histoire des zouaves pontificaux du général de Charette*, citées par M<sup>gr</sup> Bougaud.

voyait une première bénédiction. A cette heure même, Paris, à peine échappé aux poignantes souffrances du siège, tombait sous le joug hideux de la Commune, et aux désastres sans nom de la guerre étrangère venaient s'ajouter les horreurs de la guerre civile. Le sang des pontifes, des religieux, des prêtres, mêlé au sang des gardiens de la loi, coulait à flots sous le coup de balles fratricides. Mais on put reconnaître déjà que le Cœur de Jésus n'avait pas été invoqué en vain.

On s'en souvient, ce fut le 21 mai 1871, un dimanche, dans la soirée, que, conduite par un vaillant chrétien, M. Ducatel, l'armée libératrice commença à pénétrer dans Paris par la porte de Versailles, on n'espérait pouvoir donner l'assaut que le jeudi suivant. Or, de l'aveu de tous, ces quatre jours de plus auraient suffi à la Commune pour consommer l'œuvre de destruction; de formidables engins étaient disposés partout, et l'incendie, peu content de dévorer nos plus beaux monuments, n'eût peut-être fait de la grande ville qu'un monceau de cendres.

On fit choix pour l'église du Vœu national de la colline de Montmartre, déjà si riche en pieux souvenirs et qui domine la grande cité tout entière. La construction de ce monument fut déclarée d'utilité publique par l'Assemblée nationale le 24 juillet 1873, et le 31 du même mois, le souverain pontife envoyait avec son approbation une riche offrande.

Aujourd'hui la basilique s'élève belle et majestueuse. Elle est bien l'œuvre de tous : l'obole du pauvre est venue se joindre à l'or du riche, et l'on peut bien dire que c'est la France elle-même qui a bâti et qui achèvera dans un esprit de repentir et de confiance ce temple demandé par Jésus-Christ lui-même, il y a deux siècles, à sa fidèle servante.

Une des plus belles manifestations en l'honneur du

Cœur sacré de Jésus devait se produire dans la ville même de Paray au mois de juin 1873.

La foi s'était réveillée dans la France entière à la suite de ces terribles épreuves ; les bons étaient devenus meilleurs, les indifférents se prenaient à réfléchir et à secouer leur torpeur ; les impies, il est vrai, n'y avaient trouvé, dans leur aveuglement volontaire, qu'un nouveau prétexte au blasphème et à la raillerie. Toujours est-il que la vraie France éprouvait le besoin de revenir à Dieu et de se jeter dans ses bras. Ce fut surtout aux lieux bénis où la miséricorde divine s'est manifestée, à différentes époques, plus puissante et plus intime, que les foules accoururent avec un enthousiasme sans précédent.

Les pèlerinages étaient rentrés subitement dans nos mœurs. Chaque diocèse retrouva le chemin trop oublié de ces vénérés sanctuaires sous la conduite des évêques. Les lieux saints de la France : Saint-Martin de Tours, Chartres, Le Puy, Notre-Dame-de-la-Garde, Fourvières, la Salette, Lourdes, Pontmain, Sainte-Anne-d'Auray, virent alors des spectacles inoubliables de foi, de repentir et de confiance.

La cité du Cœur sacré de Jésus, Paray-le-Monial, ne devait pas être mise en oubli dans ces jours de repentance et de supplications. Le mois de juin 1873 fut désigné pour les pèlerinages au sacré Cœur. On avait le doux pressentiment que la France entière viendrait, par ses délégués d'élite, se prosterner au pied de cet autel où Notre-Seigneur s'est montré si rempli de tendresse pour elle et devant la châsse vénérée de la sainte confidente de ses miséricordieux desseins.

Et la France est venue, en effet, représentée par toutes les classes de la société : le clergé, l'armée, la magistrature, la noblesse, le peuple surtout.

Marseille, la ville du sacré Cœur, ouvrit la marche et parut la première. Puis tous les jours, deux, trois, quatre, cinq diocèses arrivaient, bannières déployées. Le mois ne suffit même pas à ces pèlerinages qui se renouvelaient sans cesse. Il fallut prolonger ces manifestations jusqu'à la fin de juillet. Puis, quand le flot des Français commença à diminuer, arrivèrent des pèlerins anglais, hollandais, belges. D'autres pays, qui ne pouvaient pas venir, envoyèrent leurs étendards pour les représenter.

« Des centaines de bannières, de cœurs, d'ex-voto, de lettres nous sont adressées de tous les coins de la France, écrivent les religieuses de Paray. Toutes les paroisses, toutes les communautés, tous les établissements tant soit peu religieux de la capitale envoient leurs souvenirs... C'est un rassemblement inouï... Nous avions cru pouvoir prendre note des ex-voto ; mais au bout de trois jours nous comprenions que ce compte était impossible. Notre grille du chœur ne suffisait pas pour les suspendre, et on en trouvait partout. Toutes ces manifestations peuvent se résumer par ce mot inscrit des milliers de fois sur les ex-voto : *La France au sacré Cœur de Jésus !* »

La plupart des pèlerins de ces grandes semaines portaient fièrement sur leur poitrine l'image du Cœur de Jésus; de toutes ces âmes, animées du plus saint enthousiasme, s'échappait ce chant de confiance et d'amour :

> Dieu de clémence,
> O Dieu vainqueur !
> Sauvez Rome et la France,
> Au nom du sacré Cœur.

La journée du 20 juin fut tout particulièrement belle et consolante. C'était le vendredi après l'octave du saint Sacrement, le jour même désigné par Notre-Seigneur pour une fête spéciale en l'honneur de son Cœur sacré. Deux mille ecclésiastiques ou religieux, vingt-cinq mille pèlerins étaient accourus dans les murs de la cité trop étroite pour les contenir. Deux splendides processions, l'une dans la matinée, l'autre dans la soirée, réunirent ces foules immenses offrant alors le spectacle, impossible à décrire, de la foi qui éclate, de la prière qui chante et qui pleure, de la confiance qui déborde. Jour du ciel sur un petit coin de notre terre de France.

Au milieu des centaines de bannières qui guidaient les pieux pèlerins dans ce défilé interminable à travers les rues de la ville et les jardins du monastère, la foule saluait avec un respect tout particulièrement ému celles des saints protecteurs de la France : saint Michel, sainte Clotilde, sainte Geneviève, saint Martin, saint Louis. Des acclamations et des larmes s'échappaient de toutes ces âmes vraiment françaises sur le passage de l'étendard de Jeanne d'Arc et des drapeaux voilés d'un crêpe noir de l'Alsace et de la Lorraine. La noble bannière des zouaves pontificaux, dont les cordons étaient tenus par les généraux de Sonis et de Charette, fut accueillie par les cris mille fois répétés de : « Vive la France ! Vive Pie IX ! Vive Sonis ! Vive Charette ! » Il aurait fallu avoir un cœur de pierre, dit un des heureux témoins de cet émouvant spectacle, pour ne pas se sentir touché jusqu'au plus profond de l'âme. Aussi tous les cœurs débordaient de joie, de confiance et d'amour.

L'Assemblée nationale n'était point représentée dans cette grande manifestation. Ce ne fut que le 29 juin qu'un certain nombre de nos députés vinrent offrir leurs hommages au Cœur sacré de Jésus. Ils apportaient une magnifique bannière représentant d'un côté l'image du Christ, montrant son Cœur et de l'autre les tables de la loi. Au nom de cent cinquante de ses collègues qui avaient donné leurs noms, M. de Belcastel, député de la Haute-Garonne, lut un acte magnifique de consécration de la France au sacré Cœur. Ce n'était pas encore, on l'a dit, la consécration nationale demandée par la Bienheureuse ; c'en était déjà le prélude.

Depuis 1873, chaque année, de pieuses foules sont venues s'agenouiller dans le vénéré sanctuaire et devant la châsse de Marguerite-Marie.

Et qui dira les grâces sans nombre demandées et obtenues dans ce lieu à jamais sanctifié ! que d'âmes guéries et sauvées ! que de cœurs meurtris et blessés, consolés et fortifiés dans le recours au Cœur de Jésus et dans l'invocation de sa fidèle servante !

Ainsi se répandait de plus en plus, dans notre chère patrie surtout, la dévotion au sacré Cœur. Tous les évêques de France lui ont consacré leurs diocèses et quelques-uns d'entre eux se sont plu à leur ériger de splendides sanctuaires parmi lesquels on remarque plus spécialement ceux de Moulins et d'Angers. Aujourd'hui toute église paroissiale, même la plus pauvre, possède soit un autel, soit une statue, soit un tableau du Cœur sacré de Jésus. Les familles chrétiennes ont mis sa sainte image à la place d'honneur de leur foyer, et sur tous les cœurs vraiment chrétiens elle est unie au scapulaire de la vierge Marie, talismans sacrés pour les luttes de la vie et les angoisses de l'heure dernière.

En dehors de la France, cette dévotion s'est répandue également de la manière la plus consolante. La Belgique, la Hollande, l'Italie, la Bavière, l'Espagne, le Portugal, la Hongrie, l'Autriche, l'ont adoptée avec un saint enthousiasme. La république de l'Équateur, consacrée officiellement au Cœur de Jésus, dès l'année 1873, sur l'initiative de son illustre président, Garcia Moreno, le héros martyr, decrétait dix ans plus tard la construction d'un temple national à Quito. Le 19 mars 1890, le pape Léon XIII, par son délégué, en faisait l'inauguration solennelle. A l'exemple de cette nation chrétienne, la république sud-américaine de Colombie vient de se consacrer officiellement au Cœur de Jésus.

Partout, aux États-Unis, au Canada, dans les Antilles, aux Indes, en Chine, au Japon, en Afrique, dans les îles de l'Océanie, on lui élève des autels et des temples.

La pieuse reine d'Espagne, Marie-Christine, a donné dans le cours de l'année dernière à son peuple si catholique un bel et noble exemple de dévotion envers le sacré Cœur de Jésus.

Le jeune roi d'Espagne, son fils, venait d'être frappé presque subitement par une maladie des plus graves. La cour était consternée; le peuple remplissait les églises, et de tous les points du royaume, d'ardentes prières montaient vers le ciel pour la conservation d'une tête si chère. La pieuse reine ne quittait pas le chevet de l'enfant royal. Elle l'avait voué au sacré Cœur, et, au milieu des alarmes et des découragements de tous, elle trouvait encore dans son cœur maternel une invincible espérance. Enfin, après de longs jours d'angoisses, la nation apprit que le jeune roi était sauvé. Ce fut par tout le royaume une explosion de joie et de reconnaissance, à laquelle répondit l'allégresse des autres pays, prenant part au bonheur de ce peuple si éminemment sympathique. La reine Marie-Christine est une fervente garde d'honneur du sacré Cœur de Jésus; elle se fait un plaisir d'assister aux réunions du premier vendredi. Elle avait hâte que son fils pût faire une consécration solennelle de sa personne au sacré Cœur. Le 10 juin, au moment où allait commencer, dans l'église de Saint-Martin, à Madrid, le salut solennel de l'archiconfrérie de la garde d'honneur pour la neuvaine préparatoire à la fête du Sacré-Cœur, les équipages de la cour s'arrêtèrent à la porte de l'église. La reine-régente en descendit en grand deuil, comme elle est toujours depuis la mort du roi son époux; le jeune roi son fils avait le costume des marins espagnols; les princesses ses jeunes sœurs étaient avec lui. La reine venait accomplir le projet qu'elle avait formé depuis quelque temps de vouer solennellement au sacré Cœur la vie et la personne de ses enfants, et à cet effet elle avait invité Son Excellence le nonce du pape à Madrid à présider la cérémonie.

Une foule immense avait précédé les augustes personnages à l'église et refluait au dehors. Arrivée au sanctuaire, la reine se prosterna et pria longtemps; puis Mgr le nonce prit l'acte de consécration et en prononça les paroles, les faisant répéter mot par mot au royal enfant et à ses sœurs; et tout ce bon peuple espagnol, qui se pressait autour d'eux, écoutait et regardait, heureux de voir son jeune roi, sous l'inspiration d'une pieuse mère, se vouer, dès les premières lueurs de son intelligence, au sacré Cœur de Jésus. Quel grand exemple donne ainsi la famille d'Espagne! Cette reine auguste, souveraine d'un peuple croyant et qui veut être la première par la foi autant que par l'autorité; cet enfant-roi, dont les lèvres, inhabiles encore au commandement des hommes, bégayent déjà une consécration au sacré Cœur, et dont l'âme qui s'éveille à peine s'ouvre déjà sous la douce influence d'une mère à toutes les influences du ciel; ces pieuses princesses, ces grands d'Espagne, confondus avec le

peuple dans un même sentiment de profonde piété,
tout cela nous rappelle une des plus chères visions
de la Bienheureuse Marguerite-Marie : le sacré Cœur
demandant que le roi de France lui consacrât son
royaume [1].

Tous les ordres religieux d'hommes et de femmes
se sont consacrés sans exception à ce divin Cœur.
Plusieurs congrégations s'honorent de porter son
nom. Dès le commencement de ce siècle, un saint
prêtre de la Compagnie de Jésus, le P. Varin, fondait avec la vénérable Mère Barat une société de religieuses, qui sous le nom de Dames du Sacré-Cœur
a pris en peu d'années une extension admirable, tout
spécialement en France et aux États-Unis. Dans les
nombreuses maisons de cet ordre florissant, les filles
des meilleures familles reçoivent une éducation tout
imprégnée des divines influences du Cœur sacré de
Jésus.

Plus récemment la petite ville d'Issoudun voyait
s'établir dans son sein, par un prêtre plein de foi et
de zèle, une congrégation, qui sous le nom de missionnaires du Sacré-Cœur a fait connaître et aimer la
dévotion dont la Bienheureuse Marguerite-Marie a été
la confidente et la messagère à des millions d'âmes,
non seulement en France et en Europe, mais jusque
sur les plages les plus lointaines et les plus sauvages.

Au 1er juin de l'année 1876, Mgr Perraud, évêque
d'Autun, dans son amour pour le Cœur de Jésus et
son zèle pour le salut des âmes, fondait à Paray même
une communauté de missionnaires diocésains qu'il
constituait les gardiens de la basilique et de la chapelle, les apôtres du sacré Cœur, les prédicateurs de

---

[1] *Semaine religieuse* de Poitiers, citée par les *Annales de Notre-Dame-du-Sacré-Cœur d'Issoudun*.

ses divins enseignements. Les nombreux pèlerins de ces dernières années ont admiré l'accueil aimable et dévoué qu'ils savent faire aux pieux visiteurs de la cité du Cœur de Jésus, en même temps que la solidité des enseignements par lesquels ils cherchent à faire germer et grandir dans les âmes l'amour de cette dévotion qui doit sauver le monde.

Le monde, mon enfant, ne savait pas encore, en effet, suffisamment combien Jésus-Christ nous aime, malgré les témoignages qu'il nous a donnés de son amour. L'incarnation nous l'avait montré sur la paille de la crèche; la rédemption l'avait écrit avec du sang sur l'arbre de la croix; l'eucharistie nous le criait constamment du fond de chaque tabernacle; et pourtant cet amour était méconnu; et Notre-Seigneur s'est levé de sa crèche, il est descendu de sa croix, il a quitté sa prison eucharistique, et se montrant aux yeux éblouis de son humble confidente, la poitrine entr'ouverte, il nous a crié à tous et à chacun : Voilà ce Cœur qui a tant aimé les hommes !

---

# CHAPITRE XVII

### Le jubilé du second centenaire de la Bienheureuse à Paray-le-Monial.

L'année 1890 ramenait le deuxième centenaire de la sainte mort de Marguerite-Marie. Le vénérable évêque d'Autun, Mgr Perraud, allant au-devant des pieux désirs des amis du sacré Cœur et des admirateurs de la Bienheureuse Marguerite-Marie, se plut à préparer de bonne heure, pour cette circonstance exceptionnelle, une de ces solennités qui doivent marquer dans la vie d'un peuple chrétien. Béni et encouragé dans ses projets par le souverain Pontife, le zélé prélat publia une magnifique instruction pastorale dans laquelle il redit à son diocèse les vertus de la Bienheureuse, sa mission providentielle et les enseignements de sa sainte vie. Puis annonçant les faveurs précieuses, accordées sur sa demande par le chef de l'Église à tous les fidèles qui viendront faire le pèlerinage de Paray, le Pontife invite l'épiscopat français, le clergé, les maisons religieuses, le peuple fidèle à participer à ce jubilé du second centenaire. Son éloquent appel fut entendu de la France entière ; de toutes parts lui arrivèrent bientôt les félicitations les plus vives et les adhésions les plus enthousiastes.

Le temps désigné pour gagner les faveurs du jubilé devait commencer le 8 septembre pour finir le 1er novembre.

Dès le dimanche 7 septembre, la ville du sacré Cœur est transformée par de splendides décorations ; toutes les rues sont pavoisées, chaque quartier possède son arc de triomphe ; les cœurs de tous ses habitants sont à la joie. La basilique et la chapelle du monastère ont pris leur grand air de fête. Le clos des chapelains et les jardins de la Visitation, que les heureux pèlerins pourront par un privilège tout spécial visiter chaque vendredi de ces semaines précieuses, sont admirablement décorés comme savent le faire les mains des prêtres et des épouses de Jésus-Christ. Tout est prêt pour souhaiter la bienvenue aux princes de l'Église, aux membres du clergé et des instituts religieux, et aux foules des pieux fidèles.

Et les pèlerins sont venus en effet de tous les coins de la France, dans un tel nombre qu'il n'a pas été possible de l'évaluer. Les douces espérances de l'évêque d'Autun étaient dépassées ; chaque jour de ces semaines précieuses du jubilé de la Bienheureuse apporta à son cœur d'apôtre les plus vives consolations. Pas un diocèse qui n'ait envoyé quelque délégation. On a pu dire que c'est la France catholique tout entière qui a été représentée pendant ces quelques semaines aux pieds du sacré Cœur de Jésus et autour de la châsse de Marguerite-Marie.

Plusieurs cardinaux, près de quarante évêques et abbés mitrés sont venus rehausser par leur auguste présence l'éclat de ces grandes solennités. Tous les ordres religieux avaient là leurs représentants. Presque tous les aumôniers des Visitations étaient venus apporter les hommages des maisons sœurs de celle de Paray ; toutes les classes de la société, en un mot, s'étaient donné rendez-vous dans la cité du sacré Cœur.

Et qu'elles furent belles, ces solennités de chaque jour, sous la présidence de quelques princes de l'Église ! Fêtes continuelles pour les yeux charmés par ces splendides décorations, pour les oreilles qui purent entendre la parole de plusieurs apôtres renommés par leur éloquence, et les chants les plus mélodieux, pour le cœur surtout que ravissait le spectacle du recueillement, de la piété, de la confiance et de l'amour de ces foules immenses qu'un seul désir enflammait : honorer, adorer le sacré Cœur de Jésus en entourant de vénération et de prières la châsse de sa fidèle servante.

Le vendredi 17 octobre, jour anniversaire de la mort de la Bienheureuse, fut la grande journée de ces précieuses semaines.

Paray avait disparu pour faire place à la France catholique représentée par ses évêques, ses prêtres, ses religieux et ses chrétiens. Un cardinal de la sainte Église, quinze évêques, quinze cents prêtres et plus

de trente mille pèlerins étaient présents pour leur
compte personnel et pour une multitude de diocèses,
de paroisses, de parents et d'amis.

La veille, la foule affluait de tous côtés, la ville
tout entière se trouvait transformée en une immense
église ; ses rues, pareilles à des nefs, avec leurs arcs
de triomphe, ne cessaient d'être remplies de pieux
pèlerins chantant et priant.

La nuit n'a pas interrompu les manifestations, qui
se sont continuées jusqu'au matin. Plusieurs prédicateurs distingués se sont fait entendre à la basilique
et dans la chapelle de la Visitation, constamment
remplie d'une foule pieuse, qui suivait avec l'édification la plus admirable ces exercices religieux. A la
basilique, les membres de l'Adoration nocturne de
Lyon avaient organisé l'exercice de l'Heure sainte.
Depuis neuf heures du soir jusqu'à six heures du
matin, ce ne furent que prédications, prières en commun, chants liturgiques, cantiques au sacré Cœur et
à la Bienheureuse Marguerite-Marie. Pendant plus de
douze heures, les confessionnaux et la table sainte
furent assiégés par ces foules avides de pardon et
d'amour. A la Visitation, la foule accourut le soir pour
entendre les paroles émouvantes d'un illustre prédi-
cateur ; chez les jésuites tous les pèlerins se pressent
autour du tombeau du vénérable P. de la Colombière, et le plus grand nombre est heureux de visiter
les pieuses richesses du *Musée eucharistique*.

De leur côté, comme préparation à la grande fête du
lendemain, les évêques et les prêtres ont passé une
heure bénie dans la chapelle du monastère. Depuis
minuit jusqu'à midi le saint sacrifice de la messe a
été offert dans toutes les nombreuses chapelles des
communautés ouvertes au public.

Le jour de la fête, vers dix heures, les cloches

sonnent à grande volée ; c'est le signal du départ des prélats pour la basilique, où la messe pontificale fut célébrée avec une pompe extraordinaire, en présence de la foule saintement ravie.

Dans l'après-midi, la procession solennelle du très saint Sacrement s'organise. Elle s'est déroulée pendant trois grandes heures à travers les rues de la ville, les jardins des religieuses et l'enclos des chapelains [1].

Quelle joie pure et douce pour ces trente mille pèlerins de parcourir ainsi, dans tout l'éclat de cette solennité incomparable, au milieu des chants et des prières, la ville du sacré Cœur ! Quelle émotion pour toutes ces âmes chrétiennes, à la vue surtout de ces lieux bénis, qui dans le monastère même ont été le théâtre des apparitions du Sauveur et que les Visitantines ont si justement appelés les *lieux saints*, réservant au sanctuaire de leur chapelle le titre de *Saint des saints* : la *Cour des Séraphins,* où Notre-Seigneur, entouré de ses esprits célestes, apparut à Marguerite-Marie tandis qu'elle se tenait à genoux, occupée à filer du chanvre, tout le plus près possible du chœur des religieuses, pour être plus rapprochée du saint Sacrement ; la *première chapelle* dédiée au sacré Cœur, au fond de l'enclos ; c'est contre le mur extérieur que pendant son séjour à Paray le grand pèlerin, Benoît Labre, venait s'agenouiller au bord du chemin, pour prier le sacré Cœur. Le *Bosquet de noisetiers,* conservé depuis deux siècles par un soin délicat de la divine Providence, sous lequel le divin Maître révéla à sa fidèle servante, pendant qu'elle gardait, par obéissance, l'ânesse et l'ânon, les mystères de sa croix, et qu'elle avait coutume d'appeler l'*endroit des grâces.*

Quelque chose du parfum des apparitions célestes

1 Journal *l'Univers.*

semble se conserver dans ce jardin, et justifie l'attrait des pèlerins, disent les pieuses annales du monastère. A l'aspect de ces lieux bénis, sous l'empire de ces souvenirs et de ces effluves divins, l'âme, en même temps qu'elle s'instruit, se dilate dans l'amour de Dieu et se sent monter, pendant quelques instants, vers ces régions invisibles, où le cantique de l'amour est chanté non plus seulement par l'homme et par le saint, mais par les séraphins eux-mêmes.

Quelle douce récompense pour la foi de ces foules innombrables ! car c'est bien la foi, c'est bien l'amour divin uni à l'amour de l'Eglise et de la patrie, qui ont mis en mouvement ces phalanges de pèlerins de la France entière ! Et ces sentiments on les lisait sur tous les visages rayonnants de joie humble et confiante, dans l'air pénétré de tous, leur attitude recueillie, leur empressement au pied des autels et à la table sainte, leurs conversations, leurs prières, leurs chants enfin, dont le plus répandu, celui que tous les échos se renvoyaient sans cesse, a pour refrain ce cri si touchant dans sa simplicité :

Amour, amour, au Cœur de Jésus !

« Pendant les sept semaines de ce glorieux jubilé, notre sanctuaire, écrivent les Visitantines de Paray, fut visité par deux cardinaux, quatre archevêques, trente-trois évêques, un chorévêque chaldéen. Son Éminence le cardinal-archevêque de Reims, Mgr l'archevêque de Bourges et au moins huit autres évêques, avaient également dû prendre part aux fêtes du centenaire et étaient attendus à Paray ; mais, pour des motifs indépendants de leur volonté, la Providence ne leur avait pas permis de répondre à cette invitation de Mgr Perraud. Parmi les illustres visiteurs et pèlerins, nous comptons en outre plusieurs prélats romains, et onze ou douze Révérendissimes Pères abbés, trappistes ou bénédictins ; parmi ces prélats nous tenons à nommer Mgr Rinaldo Angeli, un des secrétaires intimes de Notre très-saint père le pape Léon XIII, auquel Sa Sainteté a bénignement permis de s'absenter de Rome, — ce qui est très rare, — pour venir faire son jubilé à Paray-le-Monial et visiter le glorieux tombeau de la Bienheureuse Marguerite-Marie.

« Quant aux messes célébrées à Paray depuis l'ouverture du jubilé jusqu'à sa clôture, le nombre total s'élève à 6,727 (dont 3,370 dans notre sanctuaire, 1,700 à la basilique, et le reste dans les autres chapelles de la ville). Le nombre des communions distribuées fut de 52,850, dont 26,000 dans notre chapelle, 20,000 à la basilique, et le reste dans les diverses autres chapelles de Paray. — On estime que du 8 septembre au 1er novembre 1890, environ 150,000 pèlerins passèrent dans la ville du sacré Cœur, apportant aux pieds de la Bienheureuse l'hommage de leurs prières et de leur vénération [1]. »

Et dans ce beau et splendide spectacle de foi donné pendant près de deux mois, qui nous empêche de voir comme une préface d'une autre manifestation qui sera la réalisation pure et simple de ce que Notre-Seigneur demandait par la voix de sa confidente ?

« Non, un peuple chez qui il se produit un tel mouvement de sentiments chrétiens n'est pas un peuple perdu, et malgré les persécutions, malgré les efforts de l'impiété et de l'enfer, malgré les misères et les menaces de l'heure présente, on se reprend à espérer et à dire : La France revivra [2] ! »

Un jour, mon enfant, peut-être vous aussi aurez-

[1] Extrait de la *Circulaire* de la Visitation de Paray aux autres maisons de l'ordre.

[2] Journal *l'Univers*.

vous la joie d'aller faire ce pèlerinage de Paray-le-Monial, vous agenouiller dans cette petite chapelle, théâtre de si touchants mystères, coller vos lèvres émues sur cette châsse de notre Bienheureuse, visiter ces *saints lieux* que je vous ai fait connaître! Je vous souhaite ce bonheur.

Mais dès ce jour aimez à vous faire de temps en temps le pèlerin d'esprit et de cœur de la cité du Cœur sacré de Jésus. Méditez souvent les grandes merveilles d'amour que je viens de vous raconter; attachez-vous de plus en plus à cette dévotion au sacré Cœur de Jésus, qui vous a tant aimé et qui désire si ardemment posséder votre amour. Et ce bon Maître vous accordera, — selon ses promesses, — des grâces de choix pour les années si importantes que vous allez traverser; il bénira et sanctifiera vos études; il vous éclairera dans le choix de l'état que vous devez embrasser, il sera votre guide dans vos travaux et vos entreprises, votre consolation dans vos peines, votre soutien dans vos difficultés, votre force dans les tentations, votre refuge dans vos faiblesses; et lorsque la dernière heure sonnera pour vous, vous le trouverez empressé à vous offrir la miséricorde et le pardon et à vous ouvrir la porte de son ciel après vous avoir ouvert ici-bas celle de son Cœur sacré.

Daigne la Bienheureuse Marguerite-Marie obtenir pour nous ces grâces précieuses du temps et de l'éternité!

## FIN

# TABLE DES MATIÈRES

23618. — Tours, impr. Mame.

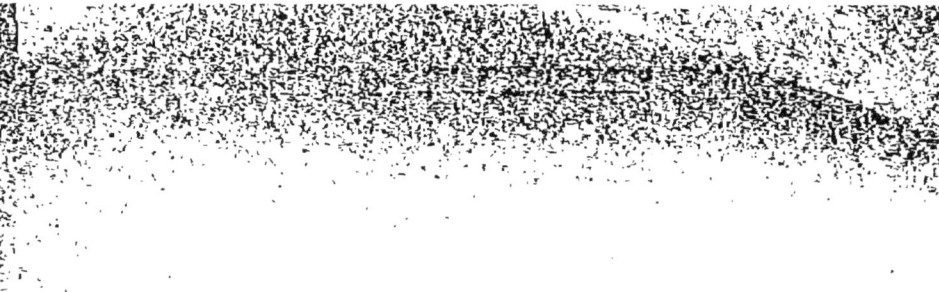

# BIBLIOTHÈQUE ÉDIFIANTE

Tours. — Imprimerie Mame.